suncolor

suncolor

戀物語
2

今天，Love 還愛我嗎？

博客來—金石堂
青春文學教主 尾巴——著

suncolor
三采文化

楔子

為什麼有了對象以後，還有可能愛上另一個人呢？
因為不夠愛身邊的？因為比較愛另一個？因為愛消散了？
因為新鮮？因為好玩？因為其他條件吸引？
還是沒有理由，就只是想，所以做？
而外面的人，又為什麼會甘願當個不被承認的對象呢？
因為被愛沖昏頭？因為相見恨晚？
因為寂寞？因為只是逢場作戲？還是因為虛榮？
當大眾斬釘截鐵地說出那些冠冕堂皇又滿嘴仁義的話時，是否想過一種可能，
正是因為自己沒有遇到一樣的狀況，才能理智地說出那些話呢？

又或是，就算遇到一樣的事情，也能果斷做出最符合社會標準的決定？

大家內心都有一把比戒尺還嚴格的準則，像天秤一樣自以為客觀地擺在中間，批判別人的愛情。

然而物換星移，隨著環境與年齡改變，那一把度量準則的尺漸漸偏移，又或者是逐漸不在乎了。

經歷了許多後，我們所要的，或許只剩下一個擁抱。

如果可以，我也想光明正大地牽手；如果可以，我也想告訴全世界我們相愛，可是沒有辦法，他的手早已經牽起別人。

我願意忍耐，也願意躲藏在暗處，如果說犧牲奉獻是愛情的第一步，那是不是我已經做到了呢？

我們如此安慰自己。不斷徘徊、走不出愛情的漩渦裡，我們到底是越活越聰明？還是越活越糊塗了呢？

第一章

現在／

莫云諳瞪大了眼睛，摀住了嘴巴，像是電視劇中的角色誇張般地反應，看著眼前的男人。

她從來沒想過，會再次遇見藍尚恩。

「莫云諳，我怎麼不知道妳待在臺北？」他淺淺微笑，像是大學時代那樣的笑容，依舊帶著不可一世的高傲神情。

「什麼呀，你忘記了嗎？我是臺北人吔！」難道他忘記自己是臺北人嗎？這讓莫云諳有些氣惱。「倒是你，是出差還是在臺北工作？」

「我離臺北這麼近，當然過來工作啦。」他笑了兩聲，眼角的笑紋深刻。「我知道妳是臺北人，但我以為妳畢業後會去南部工作，畢竟以前妳不是都說要離家越遠越好？」

莫云諳都忘了自己曾說過那樣的話，年輕時總是會想逃離家裡，證明自己的能力並獨立。

「現在也差不多，我租屋住在外面。」

「哦，我也是，臺北物價真的是嚇死。」他再次一笑，那笑容彷彿瞬間把莫云諳帶回了大學時光。

在車水馬龍的臺北街頭，下班的通勤時間，充滿了車潮與人潮，要不是莫云諳彎腰撿拾掉到地上的耳機，她早就過了馬路，不會注意到剛好也停在這裡等紅綠燈的藍尚恩了。

「所以你現在剛下班嗎？」

「對呀，既然家裡都沒人在等我們回去吃飯，那要不要一起去吃飯呢？」藍尚恩發出邀請，而莫云諳亮了眼睛。

「你請客嗎？」

「那有什麼問題。」他也大方。兩人相視而笑。

他們來到串燒店，脫下了厚重的大外套，店內溫暖得很。

老闆帶領他們到沙發座位區，藍尚恩點了杯可樂，莫云諳則點了梅酒，還不忘調侃藍尚恩一番。「來串燒店還喝可樂呀？」

但藍尚恩僅聳肩不表示意見，一口氣點了許多價格不菲的串燒，接著聊起這幾年的事情。

「所以你已經在臺北待兩年了？」

藍尚恩老家在桃園，雖說離臺北不算遠，卻也不是近到可以每天通勤。但藍尚恩上班的地方離莫云諳的公司並不遠，只是兩人下班時間天差地遠，才會兩年間都沒有遇見過，實在不可思議。

「是啊，無論房租還是房價，臺北都要嚇死人。」他扯了扯領帶，並解開第一個釦子，而莫云諳看了眼他放在一旁的公事包。

「你現在的工作是在做什麼？」

「妳覺得呢？」他笑著反問。

「保險？」

藍尚恩雙手比X，做出跟學生時代一樣的動作。「穿的是有點像齁，但今天因為比較特別，所以我沒穿公司制服。」

「那，賣車的業務？」

「可惜！」藍尚恩再次比X。

「那銀行員？公務員？翻譯？設計？」

「妳在亂猜了吔。」藍尚恩大笑。「想買房子嗎？」

「居然賣房子嗎?!怎麼沒做英文相關的？」

「很多人都沒做科系相關的呀！反正我就是面試上了，想說試試看，結果就做出心得。最開始的兩年都在桃園，業績還不錯，後來就請調到臺北，又過了兩年。」他聳聳肩，狡詐地笑說：「所以，想買房子嗎？」

「我租屋租得好好的，而且房東看我可愛算我便宜，整體環境都很好，沒必要買房。」莫云諳細數。「在臺北買房花光積蓄？拜託，我又不是瘋了！」

「我最討厭妳這種理智的人了。」藍尚恩哼了聲，對服務生招手。「我決定叫一杯小啤酒。」

「你能喝嗎？」莫云諳皺眉，糗他是一回事，真的喝又是另一回事。

「推銷房子失敗，一定要喝。」他對莫云諳使了眼色。「況且這麼久不見，只有妳喝也太見外。」

「是啊！這樣說就對了！」於是莫云諳也多點了一杯啤酒。「但想也知道推銷我房子會失敗呀，我們才二十六歲吔，怎麼可能有什麼閒錢買房子。」

「富二代很多喔，我前陣子才賣了臺北市精華區的房子，一坪七十多萬，一個二十五歲的年輕人買下了。」藍尚恩羨慕又嫉妒。

「人生就是這麼不公平。」莫云諳嘆氣。

「敬不公平。」他舉起酒杯，莫云諳也是，酒杯撞擊的聲音清脆無比，兩人喝了一大口。

在社會上打滾的這些年，何時連啤酒這樣苦澀的東西，都覺得甘甜了呢？

兩人太久沒見了，天南地北地聊著，大多都是出社會這些年的心境轉變，以及對於社會亂象的看法。

就這樣串燒吃完了，酒瓶也空了，聊了很久的他們終於靜下來。酒勁上來後的莫云諳，感覺到自己內心有些飄飄然。

因為遇見了他，想起明明沒有很久，卻彷彿已經過了很久的學生時光。

「不可思議。」

「妳說什麼？」他的臉頰因酒精而泛紅。

「你呀，我呀。」她的食指在彼此之間來回比劃著。「我們。」

他單手撐著下巴，眼神有些迷離，一邊聽著她的話一邊點頭。

酒精的奧妙就在此處，並沒有醉，只是會催化一些什麼。

「莫云諳。」藍尚恩輕聲道。

她對他微笑，並模仿他的動作，將下巴抵在手掌虎口上，撐著桌面看向他。

「妳現在有男朋友嗎？」他問。

莫云諳轉了轉眼珠，看著他此刻的模樣，像是回到了大學，那風光明媚的午後，兩人曾漫步在校園中，分享著每系八卦，討論著哪裡好玩，並數落著一些人。

以及……

這些畫面稍縱即逝，還來不及細細回味，莫云諳的手機螢幕傳來訊息，打斷了他們之間凝視的時光。

藍尚恩先坐正身體，喝了一口水，莫云諳才緩緩拿起手機，點開手機介面上的訊息，並回覆了幾句話，然後抬頭看著他。

「我男友說要來接我。」莫云諳給出了剛才的答案。

藍尚恩挑起一邊眉毛，聳肩說道：「真好。」

能再次這樣坐在一起，真好。

能再次相遇，真好。

「我們交換聯絡方式吧。」藍尚恩點開了 LINE 的 QR Code。

「好呀。」莫云諳當然沒有猶豫。

藍尚恩看著新加入的好友出現了莫云諳的頭像。雖然她使用的是和男友的合照，但確實出現在他的聯絡名單中了。

只要一個按鍵，就能找到她。

真好。

五年前／

「諳這個字，表示熟悉、擅長，人生就像浮雲一樣，所以我媽幫我取名為云諳，是希望我可以熟諳人生。就算無法完美，好歹也活得精采。」

「這是真的嗎？」韋涵一臉不信，狐疑地看著莫云諳。「這是妳自己說的？還是妳媽說的？」

她故意挑起一邊的眉毛，嘴角勾起。「當然是我自己說的，但我相信我媽也是這樣想。」

「少來！」韋涵雖然吐槽，卻也心癢難耐。「那妳也幫我的名字掰一個介紹起來很威的故事，如何？」

「嗯……」莫云諳一臉認真，掐手一算，嚴肅說道：「韋涵，就是有點冷的意思，微寒呀！」

「靠！妳很爛！」韋涵用力捶了莫云諳一下，而後者則哈哈大笑著。

下課鐘聲響起，前方的教室門口魚貫走出幾個學生，莫云諳立刻拿起一旁的包包站起來，往人群中張望。

「真是有異性沒人性，有空堂不回去，寧願等男友下課，卻不願意等我下課！」韋涵抱怨，一邊揮著手要她快滾。

「男人會半夜買消夜給我吃，妳只會躺在床上吵肚子餓，妳說說看，我要等誰？」莫云諳瞇起眼睛笑著逼問，韋涵只能雙手作揖。

「好了啦，晚點見。」看見男朋友從教室走出來，她趕緊對韋涵揮手道別。

「確定晚點可以在宿舍見到妳？不會又在男友那邊過夜吧？」韋涵不懷好意地

笑著說。

「當然不會。」莫云諳立刻反駁，不過想了下，還是別太肯定的好。「我再跟妳說好了。」

「哼！見色忘友。」韋涵吐舌。

莫云諳揮手，往人群的方向跑去。剛才明明還看見張澤獻從教室後門走出來，怎麼一轉眼就不見了？

她往教室裡張望，零星幾個人，並沒有見到張澤獻。

於是她往最近的出口走，總算看見張澤獻的背影。他正一邊離開走廊，一邊和朋友說話。

「明明跟他說過今天會等他的啊。」莫云諳搖頭，覺得自己的男朋友非常健忘，於是加快腳步追上，穿過了重重人群。

他們交往了兩年，雖然不同科系，但感情依舊甜蜜。

「澤獻！」她喊了他的名字。前方的張澤獻先是一愣，然後才轉過頭，似乎很訝異莫云諳會出現。

「妳怎麼會在這裡？」

「不是本來就說好下課要去逛街嗎？」莫云諳沒好氣地說，看向一旁也停下腳步的女同學。

長髮的女孩將頭髮勾向耳後，朝莫云諳頷首，算是打了招呼，然後說了句：「那我先走了。」

莫云諳並不是沒有察覺到不對勁，畢竟張澤獻是非常受歡迎的男生，喜歡他的女生何其多，加上他人緣也好，不是每個朋友莫云諳都認識，要是她在意每個和張澤獻說話的女生，那是在意不完的。

所以莫云諳早就學會不要過問太多，只要展現女朋友的大度，並且微笑地宣示主權就對了。

她看著那女孩的背影，捕捉到了她回過頭的眼神。那是一種帶著期盼的模樣。莫云諳一眼就明白了，那女孩喜歡張澤獻。

雖然知道沒什麼醋好吃，但她還是不是滋味，所以主動牽起張澤獻的手。

「難得妳會在學校牽手。」張澤獻覺得很新奇。

「偶爾嘍。」莫云諳聳肩，不想告訴他剛才那女孩的心意。

只是她不免在內心想著，為什麼他下課了卻沒聯絡自己？為什麼會忘了和自己有約？

他們離開的側門，是通往機車停車場的方向。

若是她沒出現，張澤獻剛才會不會和那個女孩去哪裡呢？

那天晚上，她留在張澤獻的租屋處過夜。

當張澤獻撫摸過莫云譆的身體時，她發出了輕聲呻吟。

雖然他壓在她身上的大多時刻都是閉著眼睛，但莫云譆喜歡看著他陶醉的神情，以及事後倒在身上的重量。

那一刻，莫云譆才會覺得，自己真正地獨占了這個受人歡迎的張澤獻。

只有在上床的時候，她才能真切體會到他們不只身體的結合，連心也貼近著。

所以完事後，她總會抱著他，感受這份甜蜜，與這份愛情。

「妳是莫云譆吧？」

某日，當她經過校園中的廣場時，幾個陌生的男生嘻嘻笑笑地喊了她。

莫云諳本能地退後些，順帶打量眼前的幾個男生，雖然嘻皮笑臉好不正經，卻沒有散發出討人厭的氣息。

所以她開口問：「我們認識嗎？」

「妳果然忘記我們了。」比較矮的男生毫不意外說：「我們大一的時候抽過學伴，妳記得嗎？」

莫云諳瞇起眼睛，塵封在腦袋中久遠的記憶忽然浮現。大一時，她擔任班級公關，曾經安排過幾次抽學伴的活動，也因此拓展了自己的交友圈，其中張澤獻就是因為抽學伴而認識的。

但和張澤獻交往以後，為了不讓他擔心，除了系上一定會接觸到的同學以外，莫云諳幾乎跟所有異性朋友都斷了聯絡，從此生活只剩下上課和張澤獻。

「不好意思，因為我們那時候幾乎每系都抽過學伴，請問你們是哪一系的？」莫云諳詢問，但馬上覺得自己太失禮，畢竟對方還記得她的名字。

「英文系，我叫張元，那時候是英文系的公關，是我主動找妳一起合辦抽學伴的喔！」較矮的男生自我介紹，旁邊兩個男的則笑出聲音。

「她真的忘記你是誰了吔！」一個染著淺咖啡色頭髮的高個兒男孩笑著道，眼帶戲謔。

「該不會也忘了我吧？我可是當時抽到妳的學伴吔，雖然好像被封鎖了，哈哈哈。」另一個平頭男孩說。

「呃……」

「我知道妳之後和企管的張澤獻在一起，哇，真的有這種女生吔，有了男友後就切斷所有的生活圈。」張元不可思議地猛搖頭。

「這樣的女人感覺很笨。」淺咖啡色頭髮的男孩脫口而出。他是真心如此認為，表情中還帶著一絲不屑。

無禮的話讓莫云諳瞪了他一眼，平頭男孩見狀趕緊打圓場。「不會啦，如果我女朋友為我做到這種地步，我會很開心。」

「我可不開心，壓力好大。」但淺咖啡色頭髮的高個兒男孩絲毫不領情，依舊掛著欠揍的微笑。

「你少說一句吧。」張元提醒說。

「沒關係，反正有些人註定遇不到願意為他犧牲的女生，或是根本沒有真的喜歡過一個人。」莫云諳雖然在張澤獻面前是乖女孩，但她可不是好欺負的。

所以她如此反擊，男孩挑起一邊眉毛，似乎沒料到會被反駁，但接著露出饒富趣味的笑容，並沒有不悅。

「妳注意到了嗎？妳說了『犧牲』兩個字。」

他的話讓莫云諳一愣，接著滿肚子的怒氣湧起，正想反駁時——

「我們不是來吵架的啦，是想要跟妳討論一下學伴的事情。」張元趕緊站到他們中間。

「我現在不是公關了，不關我的事情，去找韋涵。」莫云諳沒好氣地說，直接繞過他們，與那無禮的高個兒男孩擦身而過時，還瞪了他幾眼。

但他並不在意，甚至用更高傲的姿態回敬。

這讓莫云諳記下了他的臉，雖然也不知道有什麼用。

回到寢室後，她將這件事情告訴韋涵，原本是要抱怨那無禮之徒，不過韋涵卻用手指捲繞著馬尾，然後比了比螢幕。

莫云諳走到韋涵後頭看了她的螢幕，顯示著張元的視窗訊息框。

「妳說的那個張元，已經不知道從哪裡問到我的帳號加我了，說他們想再抽一次學伴。」韋涵手指點著桌面。「都要大四了，現在還抽學伴好怪，要答應嗎？」

「隨便啊，但不要算上我。」莫云諳聳肩，走回自己的位子，脫下外套。

「哪有這樣的，如果要抽就是全班女生都要抽，團結啊！」她側身過來，抓著莫云諳的椅背嚷道。

「可是我有男朋友了，還抽學伴很怪。」

「我覺得妳才怪，都什麼時代了，誰還會交了男朋友就放棄異性交友圈！」韋涵對這一點一直耿耿於懷。

「有啊，我呀。」

「拜託！」她再次翻起白眼。

「我只是覺得，這樣我會比較安心。」莫云諳坐到椅子上，將包包裡的課本拿出來，準備開始寫報告。

「安心什麼？難道張澤獻也為妳放棄他的異性交友圈了嗎？」

她搖頭，韋涵嘖了一聲，莫云諳趕緊解釋。「因為我沒有要求啊。」

「那他有要求妳放棄異性交友圈？」

「也沒有。」

「那所以？」韋涵兩手一攤。

這是莫云諳每次戀愛時習慣的行為模式，她不限制男友的交友圈，卻會限制自己的交友圈。不是被虐狂，只是認為男人就像孩子一樣，限制得越多，越會崇尚自由；所以她要當個大度的女人，要給男友絕對的信任，並也給男友絕對的安全感。

大家都知道，莫云諳是個大方的女友。

所以，即便張澤獻不再單身，也依舊擁有眾多的女性朋友，更是時常和女性朋友線上聊天到深夜，莫云諳總是忍著。

因為，張澤獻沒有遮掩那些訊息，只要莫云諳想看，他就會讓她看，那些內容真的就只是普通朋友聊天，所以她不想當個無理取鬧的女朋友。

「我會覺得，至少要站得住腳。」

「什麼？」韋涵嗄了一聲。

「就是說，如果有一天……」莫云諳沒心情做報告了，把桌面上的書本全部收到上頭的書櫃。「如果有一天，澤獻真的做出什麼對不起我的事情，至少我可以理直氣壯、可以站得住腳，因為我並沒有跟其他男生有過任何曖昧。」

韋涵輕皺眉頭。「這樣子很傻吔，為什麼要先去想那種沒發生的事情而阻斷自己的生活圈呢？」

她的話讓莫云諳想起稍早遇見的高個兒男孩，他也說這樣是傻子，使她有點遷怒地回道：「我不覺得傻，這是我的戀愛方式，就算被背叛，至少我沒背叛人；就算被傷害，至少我沒傷害人。這樣就可以了。」

韋涵發現惹怒了莫云諳。雖然自己是好心，是為了她好，可是很多時候，出發點是「為你好」這種心情，反而讓自己的話語傷得對方更深。

畢竟誰不知道怎樣是「好」呢？

莫云諳又怎麼會不知道這樣是本末倒置呢？但，她就是不知道該怎麼要張澤獻別和女孩子們走得太近，所以才會自己和男孩子們斷了友誼，希望張澤獻能夠將心比心啊。

然而這樣迂迴的暗示，張澤獻又怎麼會發現？

「抱歉啦，我只是怕妳委屈自己。」韋涵緊緊抱住莫云諳。

「走開啦，好熱！」莫云諳掙扎，想推開她。

「再讓我抱一下，妳連續好幾個晚上都沒回宿舍睡覺，我好寂寞呀！」她笑鬧著，故意捏著莫云諳身上的肉。「快說，張澤獻那個混蛋摸過妳哪邊了？又疼愛妳哪邊了？據實招來！」

「不要啦！我幹麼跟妳討論！」莫云諳嘻嘻哈哈笑著。

「小氣呢！說一下又不會怎樣！快跟妳最好的朋友我分享啊！」韋涵捏了捏她的臉頰，化解了氣氛。

「那妳為什麼不跟我分享妳的戀愛史呢？」

「我的又沒什麼好說，就很普通呀，我對妳的比較好奇，像妳這樣幾乎是稀有動物的女生，張澤獻何德何能可以擁有妳……不過，越是純真的女生，越是會被壞男人騙！」

「妳的意思不就還是我傻他壞嗎？」莫云諳嘟嘴。

「嘿嘿，開開玩笑嘛，妳和張澤獻一定可以長長久久、快快樂樂的。」

莫云諳任憑韋涵抱著，期望這份祝福能夠成真。

即便她明白，大多在學生時期的戀愛都很難維持到最後。

只是每當水乳交融的時候，她總是認為，也許他們會不一樣，她和張澤獻，說不定真的能夠走到最後。

「莫云諳。」

那是某個炎夏的午後，她一個人坐在圖書館旁的室外桌椅，拿著書本快速翻頁，企圖用這微弱的風降低熱氣，卻依舊止不了額頭猖狂的汗水。

而張元就在此時出現。這次只有他一個人，臉上掛著微笑，沒經過莫云諳的同意便拉開旁邊的椅子逕自坐下。

「我跟韋涵聯絡上了，她同意抽學伴。」

「嗯。」

「嘿，我覺得妳跟大一很不一樣吔，那時候明明很積極在討論學伴的事情，現在怎麼變得興致缺缺？」張元好奇。

「因為我現在不是公關，另外就是我有男朋友了。」

「哦，這點啊。」張元沒辦法地聳聳肩。「不過，因為我們班男生人數恰巧和你們班女生人數一樣多，所以大家一定都要抽籤，無可避免。」

莫云諳沉默，將書本放到桌面上翻開。「班級決定的事情，我還是會參與的。」

‧‧‧

不過你還是你們系上的公關？」

「是啊，雖然說要有始有終啦，但其實就是大家懶得再換幹部了，反正也滿開心的，做這個可以認識各系不同的人，累積人脈。」張元聳聳肩。

「那你累積人脈的目的是？」難道是備胎人選？

「未來的投資啊，有可能以後工作上會需要各行各業的朋友。」這句話讓莫云諳一改之前覺得他看起來輕浮的印象。

「原來如此。」

「所以把世界都放在男友身上，我覺得很不可思議。」張元聳肩。

「那也是我願意的。」莫云諳不甘示弱。

「也該拓展一下人脈……」張元停頓，忽然朝她後方揮手。莫云諳轉過頭，看見當時那個沒禮貌的淺咖啡頭髮高個男。

「稀奇的組合。」高個兒男挑起一邊眉毛，手插著口袋坐到另一張椅子。「怎麼？又在討論學伴？」

「哦，已經告一段落了。」

張元和高個兒男都起身準備離開。莫云諳想了想剛才的對話結束在不算愉快的地方，便喊住張元。

「每個情侶都有不同的相處方式，我所選的方式是最適合我們的。」

高個男挑眉。「在講什麼？」

「沒有啦……」張元含糊其辭。

「他要我別把世界放在男友身上，說要拓展人脈。」莫云諳說。

聽聞的高個兒男一凜，皺起眉頭看著他，表明張元多管閒事。

「無聊，走了。」高個兒男轉身離開。

「對，走了，再見啦。」張元如釋重負，也跟著離開。

「你等一下，哪有就這樣走掉？」莫云諳抓住了高個兒男的手腕，幾乎是瞪著對方。「至少要為你的『無聊』道歉吧？」

高個兒男看了一下被握住的手腕。「莫云諳，是嗎？」

「怎樣？」

「我叫藍尚恩，不是什麼你啊的。」他不可一世地笑。

「我沒有要知道你的名字。」

「但現在知道了。」藍尚恩另一隻手覆蓋上莫云諳的手，接著輕輕拉起來。

「以後叫我的名字。」

被除了張澤獻以外的人握住手，讓莫云諳一愣，趕緊抽離，連那句「不要亂碰我」都來不及說。

「呵。」藍尚恩一笑，回過頭對張元說：「走了。」

「再見啦。」張元嬉皮笑臉，對莫云諳揮手，兩個人往另一棟樓走去。

「怪人。」被碰觸過的地方微微發燙，莫云諳握著自己的手，就這樣看著他們兩個的背影，直到沒入建築物之中。

「好了，各位，都快要大四了也就不用那麼講究，隨便走到前面，隨便抽就可以啦。」韋涵站在講臺上，甚至連箱子都沒有準備，只把英文系男生所寫的MSN帳號紙條全部放進星巴克的紙袋裡面。

「英文系喔，他們的男生好像都長得很普通欸。」

「而且大一抽過了吧，都沒再聯絡了。」

「可是我記得英文系有幾個還不錯，都過了兩年多，應該有變帥吧！」

「我知道有幾個很高的男生，好吧，希望抽到他們。」

班上女生交頭接耳，雖不積極但也沒有排斥，三三兩兩從星巴克的紙袋中隨意抽出紙條。

「好啦，回去後要加不加隨便妳們，公關的工作就到這裡了。」韋涵隨意抽出一張紙條，皺起眉頭，看著紙袋裡面。「還有一張。誰沒抽？」

莫云譜意興闌珊地舉手說：「最後一張就給我吧。」

「妳也太隨興。」韋涵將紙條放到莫云譜桌上。「記得加對方。」

「妳剛剛不是說愛加不加隨便我們？」莫云譜裝可愛地嘟嘴。

「哇，別人我不管，但是妳必須加啊！」韋涵兩手扠腰。「畢竟妳需要拓展生活圈才行。」

「我才不需要拓展異性朋友圈。」

「奇怪了，又不是說異性就都有鬼，妳需要一些異性朋友啦！」

「可是異性朋友是有鬼的開始。」莫云譜把紙條揉成一團，然後收拾好書本放到背包裡頭。「澤獻在停車場等我，我要先走嘍。」

「紙條拿去啦！」韋涵趕緊把紙條拿起來在她面前晃。

「不用啦。」莫云諳一推，急匆匆就跑出教室。

「莫云諳！」韋涵在後頭喊叫，但莫云諳只是揮揮手，往停車場的方向跑。

來到停車場的時候，遠遠就看見戴著安全帽的張澤獻已經在那裡等著。莫云諳舉起手要喊他的名字，卻停了下來。他旁邊還站了另一個女孩。

她本能地覺得不太對，小心翼翼靠近，不引起他們注意，將自己隱身在其他人群之中。

「可以啊，禮拜五的話有時間。」張澤獻說。

「可是你女朋友……」女孩聲音很小。

「還好啦，沒事。」

「澤獻。」莫云諳忽然出聲，讓那女孩嚇了一跳，但張澤獻卻老神在在，拿起放在座墊上的安全帽給她。

「那……那我先走了。」女孩點個頭，轉身往另一輛紅色機車走去，戴上安全帽，發動機車後就先離開了。

那女孩，就是最近時常和張澤獻說話的班上同學。

張澤獻和很多異性朋友保持友好關係，莫云諳確實不介意……應該說，告訴自己不要在意。可是這個女孩，不知道為什麼，就是讓她非常、非常在意。

因為，實在是看到太多次了！

可是張澤獻的態度都沒有任何改變，連一絲愧疚或是心虛都沒有，一定是因為什麼事情都沒有。

莫云諳用這樣的理由安慰自己，要自己別想太多。

「上來吧。」

張澤獻已經發動好機車，催促著她。在機車駛離學校後，莫云諳思索再三，最後還是在紅綠燈前決定問出口。「剛剛你們……在說什麼啊？」

「什麼？」因為周邊機車的引擎聲，讓他聽不清楚莫云諳的話。

莫云諳加大音量喊著：「你們剛才在說什麼？」

「喔，我們系禮拜五要聚餐。」

「那她為什麼要說『你女朋友』？」

「她有這樣說嗎？」張澤獻大聲回應。

「有！」莫云諳更大聲回。

紅綠燈號誌轉換，張澤獻轉動了油門。「大概是怕妳不准我去，系上很多人的另一半都不讓對方參與朋友聚會。」

「為什麼你會覺得我會不准？」莫云諳明明從來沒有限制他去任何地方呀。

「我沒有覺得妳會啊，是他們覺得。」

「所以你們要去哪兒吃？」因為風聲，莫云諳又大聲地問。

「應該是熱炒吧，場地還沒決定。」

「喔……」

莫云諳的心情沒來由地覺得悶，一路沉默地回到了租屋處。張澤獻脫下自己的安全帽，又伸手幫她脫下安全帽，然後露出可愛的微笑。「妳在不高興嗎？如果妳不高興，我就不去了。」

「幹麼這樣，我又不是不高興那個。」莫云諳嘟嘴。

「那不高興什麼呢？」他將安全帽都放到置物箱中，收好了車鑰匙後拉住了莫云諳的手。「不告訴我，我怎麼會知道呢？」

「我、我又沒有不准你和其他人聚餐過。」她悶悶說著。「為什麼你同學會覺得我是那種蠻橫的女生？」

他些微彎腰，盯著莫云諳的臉看。

「幹麼？鬧彆扭？」

「沒有呀。」莫云諳嘟嘴。

張澤獻立刻親了一下她的嘴，笑著牽著她進到租屋之中。

一關起房門，張澤獻便轉身擁抱住她，從輕啄變成了深吻，挑起了兩人的情慾。莫云諳擁抱住張澤獻，他則脫去莫云諳的褲子，抱起她倒在床上。

就這樣，消弭怒氣的方式，大多時候，都建立在大量的肢體接觸上。

－－－

很快地，星期五到了，張澤獻如期地和系上同學聚餐。

當男朋友不在，莫云諳就不知道自己該做什麼了，畢竟除了上課外，其他的時間都是和張澤獻一起度過。

不過張澤獻說聚餐結束後會過來學生宿舍接莫云諳去他的租屋，這讓莫云諳心情好了些。

她回到宿舍時，韋涵正在洗澡，於是她打開電腦登入MSN，卻有個離線視窗跳了出來。

出來的名字，讓她眉頭一皺。

「妳回來了喔？」韋涵圍著浴巾走出來，立刻接收到莫云語陰冷的目光。

「哇，幹麼？」

「妳還問，怎麼會有這個？」她指著離線訊息。

「莫云語，是妳抽到我喔？」

MSN的名稱寫「藍尚恩」，是那個沒禮貌的高個兒男，大頭照使用的照片是手插口袋站在學校池塘前。

「妳的學伴啊，妳自己又不加，我就幫妳加了。」韋涵說完便一溜煙地爬著梯子逃到床上去，嘿嘿笑著說。

「我不要加，就是不要加，妳幹麼擅自幫我亂作主！」莫云語氣憤不已，順手就把這個帳號封鎖。

「欸，我只是覺得妳何必做得這麼極端，很無聊呢！」韋涵坐正身體探出頭來，一臉嚴肅。

「我也很認真告訴妳，我不需要異性朋友，我不想讓澤獻擔心。」

「好，那我也很認真問妳，張澤獻真的擔心過嗎？」

她的問題很簡單易懂，卻令莫云諳喉嚨一緊。

「說不出來嗎？」韋涵輕哼聲。

「我沒問過他，況且我也沒有做過任何讓他擔心的事情。」

「莫云諳，我實在搞不懂妳，只是交個異性朋友而已，有什麼好讓人擔心的？如果妳自己心術正直，那又何必害怕站不住腳？」韋涵瞇起眼睛。「難道是妳自己害怕變心？」

「當然不是！」莫云諳鄭重否認。她看著從上鋪探出頭的韋涵，那率直的雙眼令她猶豫是否該說出實際想法。

「莫云諳，我是妳最好的朋友，妳不交異性朋友，聽不見那些男生真正的想法，天真地認為愛情就只有你跟我。那我呢？難道妳連我的話都不想聽？還是連煩惱也都不願跟我分享？」

「我……」莫云諳咬著下唇，看了下電腦螢幕的桌布。那是她和張澤獻的合照。她吐了一口氣。「因為我知道自己有多難過，所以不想讓澤獻難過。」

「難過？」韋涵重複。

「澤獻和很多異性都保持友好關係，我知道那都是朋友，但那些朋友裡面也有喜歡澤獻的女生，我討厭那樣，可是卻也無權阻止，這樣子讓我很痛苦。所以，我不想讓澤獻也感受到一樣的痛苦。」

聽了莫云諳的話，韋涵不敢置信地張大嘴，驚嚷道：「啥啊？所以妳是怕如果有異性朋友喜歡妳，會讓澤獻痛苦？」

莫云諳點頭，讓韋涵忍不住大笑起來。

「搞什麼鬼！妳也太有自信了吧！不過也沒錯，大一當公關的妳，的確是很多男生的焦點。可是我還是覺得妳多慮了，只要自己不要釋放曖昧訊息，就可以把男女友情拉在平衡點上，一個恐怖平衡。」

「與其想辦法去維持那平衡，想辦法不要讓雙方踰越雷池，那不如一開始就不要結交異性朋友，別讓事情發展到那種恐怖平衡的可能。」

「吼，妳真的是腦袋裝水泥喔！」韋涵從床上爬下來，赤腳踩著木頭梯子的聲音嘎嘎作響，扠著腰站在她面前。「那我再問妳一次，張澤獻有在意過？他有避嫌過？還不都是妳自己想很多，把自己限制在一個小圈圈。如果哪天發生什麼事情，再去跟人家抱怨：『我付出這麼多』、『我犧牲那麼多』這樣嗎？」

聽了韋涵的話，莫云諳微微一愣，想起了藍尚恩那句：「妳注意到了嗎？妳說了『犧牲』兩個字。」

「可是我並沒有覺得自己犧牲了什麼啊？」她小聲地回應。

「那是因為現在妳很幸福，萬一哪天幸福瓦解，就會開始斤斤計較自己曾經失去了什麼。」韋涵搖頭嘆氣。「可惜啊！大好的青春年華，都被妳浪費在這段戀情上了。」

「講得好像我跟澤獻會分手一樣。」

莫云諳雖是笑著這麼說，內心卻惴惴不安。

不安就像顆種子一樣，在心中生了根，悄悄發芽、落地生根。

韋涵輕輕嘆氣。「妳是真的不知道，還是假的不知道呢？」

不安，是會壯大的。

現在／

「妳跟男友交往多久了？」

吃完飯後，兩人站在路邊等待林子雋來接莫云諳的時候，藍尚恩開口問。

「快一年了吧。」莫云諳回話時呵出一口白煙，一陣寒風吹來，她冷得再次將口鼻縮進了圍巾之中。

「來了臺北快兩年，我還是不習慣這邊的溫度。」藍尚恩有感而發。

莫云諳看向他，發現兩人的動作一致，但是藍尚恩的耳根、鼻子和臉頰都泛起了紅，這讓她笑了出來。

「怎麼？」藍尚恩好奇，瞇起眼睛看向她。晚風將他的頭髮吹亂，酒氣令他眼色迷離。

「我只是忽然想起來，你會因為氣溫太低而臉頰通紅這件事情，居然到現在一點都沒變。」

「是啊，有些東西是不會變的。」他聳肩，手塞在大衣裡頭。

「例如？」

「例如，我會因為太冷而臉凍到紅，或是因為看起來太過高傲，所以一開始跑業務總是不被客戶信任……」

「我覺得高傲是你真實個性吧。」

「是嗎？」他笑著挑起一邊眉毛，感覺得出來他認為這是讚美。

「那還有什麼沒變？」莫云諳又笑。

「妳。」他忽地凝視著她，令莫云諳微微一愣。但很快地，他露齒微笑，望向前方的車水馬龍。「看起來還是那麼呆。」

「你狗嘴吐不出象牙這一點也沒變，我放心了，社會還沒磨光你的高傲。」莫云諳用手肘推了他一下。

「呆很好啊，這個社會需要一點點單純。」忽然，他皺了眉頭，有些擔心地看著。「妳現在該不會還以男友為中心而放棄異性朋友吧？」

莫云諳一愣，想起以前的事情。

「我都幾歲了，當然不會。」

「是喔。」藍尚恩一笑。

「反正那段經驗對我來說也沒什麼不好。」莫云諳的聲音變小。藍尚恩是聽見了，不過只是扯了一個微笑，看著五光十色的臺北街頭，感受這陣冷風。

感受到了沉默，莫云諳苦笑。

是呢，何必提起過往呢？

「那你呢？有女友嗎？」所以她決定轉移話題。

「房仲累死了，哪有空交女友，每天都在趕業績和看人臉色。」他冷得甚至縮起脖子。「尤其冬天跑客戶才是惡夢，我快冷死了！」

「你真的很怕冷吔。」

「是啊，很怕冷。」他的嘴裡輕吐出的白煙隨著風飄散，他的臉看起來是那麼迷濛。

「那你就快點先回去，不用陪我等了。」

「沒關係，這麼晚讓妳一個女生在這裡等不好吧。」

「云諳。」對面路口的黑色轎車駕駛降下車窗，對她喊著。

「啊，我男友來了。」莫云諳對林子雋揮手，居然沒發現他已經到了。她回過頭看了藍尚恩一眼。「我要走了。」

「那再聯絡吧。」藍尚恩揮揮手，也對轎車方向點頭示意。

見著藍尚恩那社會化的禮儀，讓莫云諳忍不住一笑。「對了，我要給你一張名片才對。」

「我都不知道妳也有名片。」藍尚恩調侃，但還是認真地看著名片上的字樣。「畢竟我們是廣告業，公關部門可是很重要的好嗎？而且身兼多職喔。」行人號誌燈轉綠，她對藍尚恩揮手。「不說嘍，我先走了，掰掰！」

「掰。」

當莫云諳過了馬路，準備打開車門時，發現藍尚恩還站在原處看著這裡，接著舉起一隻手對她揮了揮，才轉身離開。

莫云諳打開車門，坐上副駕駛座。林子雋車上充滿芳香劑的味道，她些些皺眉。「怎麼噴這麼多芳香劑？」

「今天載了一堆廠商，都是男人的汗臭味，所以稍微去味一下。」林子雋推了一下他的黑框眼鏡微笑，接著放下手煞車，拉了排檔桿，卻因為震動的關係，使得他放在一旁的手機不慎倒下。

莫云諳立刻將他的手機放正，努力想在空氣中搜尋一點點屬於女人的香水味道，鼻腔中卻只充滿了刺鼻的人工加料芳香。

出了社會後的她，和以前百分之百相信男朋友的她已經不同了，總是會慣性地尋找男朋友行為的細節。

「剛才那個男的是誰？」林子雋轉動方向盤，裝作不經意地問。

而經他這麼一問，莫云諳忽然愣住。

想起林子雋剛追求自己時，那溫柔至極的模樣。想起自己大學時代的經歷，頓時覺得懷疑對方的忠誠這件事情，實在令她無地自容。

「那是我大學同學，巧遇，還給了我名片。」莫云諳從皮包裡抽出剛才藍尚恩給的名片，林子雋斜瞄了眼，露出寬心的笑容。

「很久沒見了？」他打了左轉燈，轉進通往莫云諳家的路。

「大學畢業後就沒再見過了。」

「大學的時候很要好嗎？」

很要好嗎？這可是值得深思的問題。

「很要好的話，就不會這麼多年沒聯絡了。」

不是完全的實話，但也不是謊話。

看著手上的名片，感慨再次襲來。明明離大學生活才不過短短幾年，卻好像已是很久以前。以前是交換ＭＳＮ，現在連ＭＳＮ都沒了，換成了另一種通訊軟體

LINE。

短短數年，科技、生活都改變了這麼多，那人呢？

人，是不是也改變了？

還是，根本沒有變呢？

第二章

五年前／

莫云諳第一次產生懷疑的時候，是發現張澤獻的行程前後不一致。

「你前幾天不是和系上同學夜唱嗎？怎麼現在變成說夜遊了？」莫云諳正在張澤獻的租屋處，兩人正聊著系上的事情，但她卻發現了張澤獻的說詞漏洞。

張澤獻正準備進浴室洗手。「原本是說要夜唱，但後來沒有包廂，所以就改夜遊了。」

「是喔。」

水龍頭的水流嘩啦啦地響，接著傳出搓揉皮膚的清洗聲，他關掉水龍頭，拿著毛巾一臉濕漉漉，站在浴室門邊對莫云諳說：「是啊。」

這件事情被莫云諳記在心裡，而後這樣行程前後不同的事情越來越頻繁，有時候甚至連出去的人都會講錯。

說和人吃飯變成唸書、說和系上同學相聚變成社團同學，這讓莫云諳的懷疑逐漸加深。

可是每次張澤獻都說是她記錯了，或是他們更改行程沒告知她之類的，把莫云諳的質問堵了回去。

偶爾，張澤獻會滿臉笑意地看著電腦螢幕，但只要當莫云諳靠近，他便會迅速關閉原本的視窗。

「我在和人討論報告。」他總是會用如此正當的理由回應。

這些不安日益擴大，但莫云諳努力抹去所有猜疑，因為越是在意，越是會往壞處想。

所以她告訴自己，沒事的，只要相信張澤獻說的就好，不要多心、懷疑，懷疑會是毒藥。

「我今天去你那裡睡好嗎？」

莫云諳坐在圖書館邊附設的休息座椅區，與張澤獻通電話。

他在那頭沉默了下，接著說：「今天我和高中同學有約，我們要夜遊。」

「那我也一起去？」

「不，我們說好只有男生，妳就在宿舍吧，我會隨時跟妳保持聯絡。」

「那我可以去你房間等你。」

「……云諳，不要這樣給我壓力，妳如果在我房間等，我就會覺得必須要快點回去，不能玩得盡興。」

「可是……」

「好了，我要換教室去上課，先這樣吧。」接著他就掛掉電話。

莫云諳愣愣地看著手機。

張澤獻這堂的確有課，也的確要換教室，他沒有說謊。是她自己覺得不踏實。嘆了一大口氣，她將手機收起來。

「莫云諳。」一個聲音忽然出現在旁邊，莫云諳嚇一跳地轉頭，才發現不知何時，有個人站在轉角處那邊。

「誰？」由於對方背對著，她不清楚是誰，但對方轉過頭來，對她揚起嘴角微笑，接著拿著外文書朝她走來，逕自拉開椅子直接坐下。

「藍尚恩？」

「嗯。妳ＭＳＮ是封鎖我嗎？」他開門見山地問。

「哦……」

「如果一開始就封鎖，那妳幹麼加我呢？」他並沒有不悅，而是打趣地笑著。

「不是我加的，是韋涵擅自作主幫我加了。」

「我想也是。」他將外文書放到包中。「剛才妳在和男友通電話？」

「你聽到了？」

「沒有。」

莫云諳鬆了一口氣。見她這模樣，藍尚恩卻大笑起來。「我當然有聽到。看不出妳挺大膽，會主動說要去男友家過夜。」

瞬間，莫云諳的臉紅了起來。這是很私人的事情，所以莫云諳立刻站起來，有些惱羞成怒就要離開。

「嘿，莫云諳，看在學伴的分上，我可以告訴妳一件事情，關於妳男友。」

莫云諳停下腳步，狐疑地回過頭看著他。「什麼事情？」

他不可一世地勾起嘴角，蹺起二郎腿的模樣十分欠揍，像在命令人似地說：

「解除我的封鎖，我用ＭＳＮ告訴妳。」

「那我可以不用知道。」她轉身往前繼續走。

「我相信妳會解除我的封鎖。」他在背後大聲說，聲音帶著隱隱笑意。

走向教學大樓教室的一路上，內心那份不安忽地湧上，關於張澤獻的一切可疑舉止全在莫云諳腦中打轉。於是她心血來潮翻開記事本，上頭記載著她的課表以及張澤獻的課表。

因為內心滋長的不安，令莫云諳決定做一件她從來沒想過的事情。她決定現在就去找張澤獻，只要看見他的臉，或許就能消除這些疑慮。

一路爬上三樓教室，鐘聲正巧響起，她從教室邊的玻璃窗往裡頭看去，很快就找到張澤獻的背影。正當她鬆一口氣時，卻發現張澤獻旁邊的女孩。

那是最近時常黏在張澤獻身邊的長髮女孩，女孩握著筆的手在一張紙上寫著，寫完推到了張澤獻旁邊。張澤獻露出微笑的側臉如此刺眼，他在紙上寫了幾句，女孩接過後看了，低著頭肩膀顫抖，看似憋笑。

那些表情、那種氛圍，他們之間有著什麼正在滋長。

當遇到這種場面時，女人那不可靠的第六感卻是最準確的。不過短短幾秒的時間，所有一切好像都連接起來了。嚴格說起來，不過就只是一個笑容，可是莫云諳卻覺得，就是了，就是這樣了。

莫云諳以為自己會衝進去抓著張澤獻或是打那個女孩，做盡一堆讓別人看好戲的發洩行為。可是她隱忍下來，冷靜告訴自己，也許只是胡亂猜想，第六感有時候就只是多疑，眼前的這些並不能成為證據。

莫云諳低下頭，眼眶含淚地傳了訊息給張澤獻：

「我會在宿舍先睡覺，讓你今晚和高中同學好好聚會。」

她側頭再次看向教室內。張澤獻從口袋拿出手機，按了幾個鍵後，莫云諳收到了「OK」的回覆。

然後他朝女孩露出微笑，兩人繼續上課。

她擦乾眼淚，前往公車站牌搭了宿舍接駁車回去。其他室友這堂都有課，空蕩蕩的宿舍只有她一個。

莫云諳點開了MSN，滑鼠的游標在藍尚恩的封鎖處猶豫著。深吸一口氣後，她終於點下解除。

藍尚恩不在線上。

她看了螢幕右下角的時間，現在才下午而已，藍尚恩說的是晚上。

所以莫云諳習慣性地開啟張澤獻的無名小站，右下角有「誰來我家」的功能，毫無意外地看見了那個女孩的大頭照。莫云諳點進她的部落格，隨意瀏覽了她最近的網誌內容。

在文中，明顯看出她正在戀愛，寫了她的暗戀、她的痛苦，以及當她得到回應時的喜悅。

莫云諳將那個「他」代入成是張澤獻，想像著一切糟糕的情境，忽然忍不住就掉了眼淚。

「解除封鎖啦？」

藍尚恩的訊息跳出，莫云諳趕緊擦掉眼淚，將訊息視窗點開。

「你要說什麼事情？」

「這麼直接？妳確定要聽？」

「不就是你說要告訴我的嗎？」

「但我想了想，妳這樣的女生知道了，不知道承不承受得住。」

莫云諳的心臟怦怦跳，對於藍尚恩的話一陣不安，但還是鼓足勇氣打下：「我要知道。」

彷彿可以看見藍尚恩在電腦螢幕前，那不屑一顧的微笑。下方顯示他正在輸入訊息，接著跳出來的，是她早有心理準備卻依舊會感到痛徹心腑的文字。

「他和別的女生往來過於親密。」

「妳自己也知道吧？」

分了兩句，簡短卻現實。

她的眼淚再度滑下來，將無名的網址轉貼給藍尚恩。

「是這個女孩嗎？」

藍尚恩停頓了非常久，直到莫云諳又發送了幾個問號後，他才回應。

「妳果然知道啊！所以說別傻了，永遠不要為某個人放棄自己原本該擁有的東西。」

「可是……你為什麼會知道他劈腿？你們又不是同系的。」

「這種事情，女友通常都是最後一個知道的。我很常看見他們一起在外面吃飯，當然也見過親密舉動，多親密就不用說了。」

藍尚恩的字句變得模糊，莫云諳趴在桌上大哭了起來。

「妳這時候居然在宿舍，真是難得……妳怎麼了?!」剛回來的韋涵看見她在哭，立刻衝到她身邊，但很快就從螢幕中知道答案。

原以為韋涵會暴怒、氣憤，說幾句「我早就跟妳說過了」或是「妳看吧」等風涼話，但沒想到韋涵卻只是拍拍莫云諳的肩膀。「妳想怎麼做呢？」

莫云諳茫然看著她，不明白這句話的意思。

「妳是要抓姦在床？還是乾脆攤開來講？要分手，還是要假裝什麼都不知道，繼續交往？」

「我、我不知道……」莫云諳用力搖頭，腦中一片混亂。

「妳有辦法和他分手嗎？」

她絕望地搖頭，無法想像沒有張澤獻的生活，他們在一起這麼長的時間了，莫云諳習慣身邊有他，習慣他的體溫和他的一切。

「那妳有辦法假裝不知道，繼續交往下去？」韋涵問。

莫云諳依舊搖頭。要裝得什麼都不知道，她辦不到。

「難道妳打算和他說清楚，然後繼續和他交往？」韋涵皺起眉頭。「別傻了，說清楚，如果他選了外面那個呢？妳是不是又再傷一次？如果他選妳呢？妳難道真的能忘記這件事情，然後跟以前一樣，當作什麼都沒發生？」韋涵刀刀見血。

「那我到底該怎麼辦？我不知道啊！」她沒有勇氣親眼目睹張澤獻被抓姦在床的劈腿現場，也不想目睹，但還是放不了手。

韋涵緊皺眉頭。「我們賭一把吧。」

「賭？」莫云諳抽抽噎噎地看著她。

「妳去和張澤獻說清楚，說妳知道他有小三了，然後告訴他，他只能選妳或是選對方。」

「那如果……如果他選了小三……」

韋涵抓住她的肩膀，認真看著她。「如果他選了小三，表示他敢做敢當，表示至少他還知道愛情是什麼，他敢承認自己愛外面那個。可是如果他選了妳，就表示他是爛男人，放不開妳卻又無法克制自己的衝動。愛外面那個，受傷的只有妳；但如果最後選擇妳，卻依舊沾染外面的人，就是傷害了兩個，而且是狠狠地傷害！」

「這樣有什麼意義！最後、最後都是傷害我……」

「不管怎樣，妳也已經受傷了，總要想辦法解決！」韋涵用力拍了她的手臂。「我可不是個溫柔的朋友，不想看見妳失意或是可憐兮兮的慘狀。難道他傷害妳，妳就活該被他傷害？想辦法讓主導權回到自己身上，他可以選擇劈腿，妳就可以選擇離開！」

她看著韋涵冷靜的模樣，有那麼一剎那，覺得韋涵很狠心。可是很快地，莫云諳發現她雙拳緊握、渾身顫抖。

「我知道了……」所以她說出這句話，不是為了自己，而是為了韋涵。

現在／

「莫云諳，這邊啦！」

穿著白色針織上衣的韋涵一見到她，便從位子上起身招手。

「這一家很難訂位吔，沒想到妳訂得到！」

「哈，我電話按到都快壞了才終於給我訂到。」她把菜單推到莫云諳面前。

「網路推薦這個超好吃，我們一起 Share 要不要？」

「都可以呀，我沒意見。」莫云諳將外套脫掉，掛在椅背上。「對了，妳知道嗎？我前幾天遇見藍尚恩了。」

「藍尚恩？英文系的那個藍尚恩嗎？」韋涵挑起一邊眉毛。

莫云諳將在路上遇見他，還一起吃飯的事情告訴韋涵。

「哇，真是懷念，沒想到居然會這麼巧在路上遇上！」韋涵一臉懷念。「那他還有跟張元聯絡嗎？」

「張元？我不知道，沒有問吔，怎麼了嗎？」

韋涵歪著頭，露出不好意思的笑容後，害羞地說：「算了，都這麼久了，講了也沒關係。我偷偷跟妳說一個祕密啊，其實我那時候滿喜歡張元的。」

「張元！妳說那個公關？真的假的？他矮矮的吔！」莫云諳瞪大眼睛。

「哈哈，就算矮矮的，也比我高啊。不過這是很久以前的事情了，講到藍尚恩才想到，那時候因為很常和他討論事情，不知不覺就……妳懂的啦。」韋涵有點彆扭地攪拌了一下飲料。

「所以，你們那時候有曖昧嗎？」

「我是覺得有，可是也不太確定，因為之後他忽然疏離我，我覺得應該是發現了我的心情吧？」韋涵嘖了一聲。

「我都不知道這一段，妳怎麼沒有告訴我?!」她實在是太震驚了。

「沒什麼好說的呀，又沒有真的發生什麼事情，況且那陣子妳也有自己的事情要煩呀。」

「喔，妳是說在……」

「在張澤獻劈腿的那時候。」韋涵翻白眼。

但莫云諳聽到這句話，只是莞爾一笑。

「當時妳什麼都沒說就跟他分手，張澤獻不是很努力挽回妳嗎？」

「對呀。」莫云諳攪拌著自己的飲料，有些心不在焉。

「他是不是完全不知道，妳知道他劈腿了別人？」

「我沒說。」

「為什麼？他當時哭成那樣求妳別走，多少人都把妳當作壞人啊！」韋涵講起當時就有氣。

「因為我不想撕破臉。」莫云諳乾笑。「好了，別討論這個了。」

「怎麼不討論，張澤獻甚至誤會妳和藍尚恩的關係吔，根本惡人先告狀啊！」

莫云諳握緊了手中的杯子，努力扯出一個笑容。「畢竟那時候，我和藍尚恩確實很好。」

「因為只有藍尚恩願意告訴妳張澤獻的事情，妳為了保護藍尚恩，不讓他成為抓耙仔，甘願這樣被誤會！」

韋涵每次說起過往那段就來氣。當時不少人誤會藍尚恩和莫云諳的關係，她總是極力幫莫云諳澄清，但又不能說出實話。

「好了啦。」

「妳人真的太好了，要是我的話絕對不讓他好過。」韋涵再次翻了白眼，開始訴說起會怎麼對待劈腿男。

「哈。」

莫云諳只能一笑。每當她想起張澤獻的事情就充滿愧疚，那份愧疚大到她無暇去探究張澤獻事後的激烈行為是對是錯。

「算了，不提就算了。」韋涵吐舌，拿起咖啡。

咖啡香氣縈繞，時空好像一下子回到大學的某個午後，她的嘴裡也充滿著咖啡的香氣。

「想什麼這麼入神？」韋涵的手撐著下巴，打趣地看著莫云諳，瞬間將她拉回了現在。

「想起一些以前大學的事情，也沒什麼。」莫云諳聳聳肩，吃下入口即化的舒芙蕾，想起藍尚恩的那張名片，嘴角不自覺泛起了笑意。

五年前／

情緒爆發的那天，韋涵的話很有說服力，讓她想著乾脆就和張澤獻攤牌算了。可是當她洗完澡，冷靜了情緒躺在床上時，卻收到了張澤獻的訊息，提到他們提早結束夜遊，可以過來載她去他的租屋處。這讓莫云諳又心軟了。

不過是一個眼神，不過是幾次的行程對不上，又不是真的捉姦在床。

她明明可以感受到張澤獻的愛，明明相處過程也濃情密意，可她依舊充滿不安與猜忌。

所以，她假裝睡著了，躲在被子裡頭不知道該怎麼做。

因為不知道要怎麼面對張澤獻，於是這幾天都刻意避開他，結果在學校的湖岸邊巧遇了藍尚恩。

「嗨。」藍尚恩手裡拿著一杯咖啡，跟她打招呼。

「嗨……」她有些扭捏，尷尬地舉起手。

「難得見到我沒有惡言相向。」他開玩笑地說著，這讓莫云諳有些不知所措。

「畢竟你告訴我……」她沒把後面的話說完。

「有時間嗎？要不要一起喝杯咖啡？」藍尚恩比了一旁的位置，莫云諳下意識要拒絕，可是忽然想到，她一直以來避免和異性單獨相處，不就是為了避嫌？

可是現在，還有意義嗎？

「嗯。」所以她答應了。

藍尚恩有些訝異，但隨即露出笑容。「是呀，就是該這樣。」他說著，似乎很開心地往角落的位置走去。

兩個奇特組合坐在湖岸邊，引起了一些學生的好奇與關注。藍尚恩看著湖面的漣漪，不是很在意周遭眼神，而莫云諳則是沒注意到。

「張澤獻的事情，妳打算怎麼處理？」忽然，藍尚恩提起。

「沒怎麼處理啊。」她看著自己杯中的飲料，咬著下唇。

「我以為妳會分手或是攤牌。」

「我不知道，我還在考慮。」

這句話讓藍尚恩皺起眉毛。「考慮？」

「嗯。」

「我有聽錯嗎？」藍尚恩坐正了身體，稍微前傾並壓低聲音，說：「他背叛妳了吔。」

「但是……我和他交往這麼久了。」莫云諳按壓著自己的手指尖。「所以我還在考慮。」

「妳要原諒他？還是裝不知道繼續交往？」藍尚恩不敢相信。

「我還在想。」莫云諳回話。

她知道，這樣的想法無論是韋涵還是藍尚恩一定都沒辦法理解。

如果今天是她朋友發生一樣的事情，她也無法理解。可是當自己深陷其中，她真的難以選擇。

「我真不知道要說什麼。」藍尚恩往椅背一癱，看起來有點失望。

「云諳！」

忽然，張澤獻的聲音從湖岸邊傳來。莫云諳嚇了一跳地回頭，只見張澤獻一臉錯愕，眼神在莫云諳與藍尚恩的身上來回。

「啊……」莫云諳起身，下意識就要離開。

「妳還是很聽話啊。」藍尚恩跟著起身。

「我只是……」話還沒說完，張澤獻已經氣勢凌人地走到他們桌邊。周遭的學生好奇看著，難道要進行什麼修羅場嗎？

「妳怎麼都不接我電話？」張澤獻雖然是問著莫云諳，但眼神卻在藍尚恩的臉上打轉。

「我沒有聽到。」莫云諳說謊了。她只是暫時不想接。

「妳跟他怎麼會湊在一起？」張澤獻又問。她明明沒什麼異性朋友。

「我們是學伴。」藍尚恩率先回答，笑著對莫云諳說：「妳好好考慮吧。」說完，他拿起自己的東西，率先離開了現場。

「考慮什麼？」張澤獻不悅地問。

「這……他在講學伴們的聚會，班上有聚會活動。」莫云諳隨口扯謊。總不能說是分手這件事情吧？

「奇怪，妳又不是公關，為什麼要找妳？」張澤獻嘖了聲，牽起莫云諳的手。「妳最近一直躲我是為什麼？」

「我沒有躲你啊……」

「明明就有！」張澤獻十分敏銳。「是因為他嗎？」

「誰？藍尚恩？」某方面來說的確如此。「不是。」

張澤獻瞇起眼睛。「妳猶豫了。」

「什麼？」

「妳剛才猶豫了！」張澤獻抓住她的肩膀。「怎麼樣？妳喜歡上他了嗎？」

莫云諳愣住，現在是惡人先告狀嗎？

「我沒有！」她委屈又難受。張澤獻怎麼能這樣誤會她？

可是看著張澤獻近乎吃醋的氣憤模樣，讓她覺得自己被在乎著。

如果他真的變心了，那為什麼要吃醋？

「那你有喜歡上別人嗎？」莫云諳反問。

這一次，換張澤獻愣住。

但莫云諳看不出來是心虛的那種，還是覺得荒唐的那種。

「我沒有。」

而張澤獻的回答，她也聽不出到底是真的，還是假的。

她望向藍尚恩離去的方向，多想問問他，張澤獻真的劈腿了嗎？

現在／

「妳又發呆了？」韋涵聳肩。「到底在想什麼？」

「嗯，我只是在想，好像該感謝張澤獻。」

「為什麼？」韋涵震驚。

「他讓我體會到了一些平常人戀愛可能體會不到的事情。」

「妳是說被背叛嗎？」

莫云諳聞言淺笑。「除了那個，還有其他的。」

「我們最該體驗的就只有被寵上天，其他都不需要。」韋涵不予置評。

但是莫云諳還有更深層的意思，只是這些事情，她一輩子都不會告訴別人。

那段回憶直到現在想起，胸口還是會隱隱作痛，卻也會微微泛起一絲甜蜜與興奮，還有悖德。

那段過往，讓莫云諳明白了愛情中的謊言，體悟了背叛是一道永遠的傷口，知曉了所謂的罪惡感。

可同時也告訴她時間的強大，隨著時間，許多情感都會疲乏、模糊以及忘卻。讓她知道，世界上沒有什麼事情，是過不去的。

大概……

「妳對藍尚恩有什麼印象？」

「就妳的一個好朋友啊。」韋涵皺眉。「怎麼忽然這麼問？」

「我是說，依照一個對象來說呢？」

「高䠷、帥氣，但我跟他不熟，不曉得實際個性怎樣，無法評價。」韋涵歪頭。「為什麼忽然這樣問？」

「我只是好奇罷了，因為藍尚恩總是說著他有多受歡迎。」

「可能是真的算很有魅力的男生，但剛好不是我的菜。」韋涵說著。「那妳自己覺得呢？」

「就，一個普通的朋友。」莫云諳答非所問。

「我是說依照女人的眼光，誰說什麼好朋友。」韋涵哈了聲。

「不是我的菜。」莫云諳模仿了韋涵剛才的話。

「我想也是，不然我以前還曾覺得你們站在一起很配呢。」

這句話再次讓莫云諳心一凜，扯了一個微笑，如此心虛，卻又懷念。

那些年少輕狂的事情，都留在了過去。

隨著畢業，隨著時間推移，好像都是夢境裡的事情，然而當藍尚恩再次出現在眼前時，才恍如大夢初醒般，從夢境，來到了現實。

五年前／

「所以說，如果要往山上去的話，那就一定要雙數。」張元比了二。

「你真的很迷信欸。」藍尚恩皺眉，但也沒反對。

「我也同意雙數，聽說大氣系的之前單數去，結果下山的時候變雙數。」韋涵的話讓所有人發出一聲怪叫。

此刻，他們正在和英文系策劃一場看流星雨的夜遊，通常機車配對是學伴搭配學伴，但有些人剛好沒機車或是沒有喬好，為了避免發生落單事件，大家才會事先商量。

「沒想到莫云諳也會參加啊。」當初的平頭男孩名叫陳友倫，他出於好奇詢問，並沒有惡意。

「因為她現在要拓展交友圈。」藍尚恩在一旁回應，可聽起來有些反諷，所以莫云諳並不想理他。

最後在張元和韋涵的安排之下，兩系共有二十四個人參加夜遊，目的就是在流星雨出現的那天一起騎車上山觀賞。

討論完畢後，韋涵和張元要一起去用餐並討論其他細節，所以莫云諳拿起自己的東西離開，準備到圖書館去。但藍尚恩卻跟了上來。

「妳要去哪裡嗎？」

「圖書館，還書。」

「那我也去吧，順便拿我預定的書。」

對於藍尚恩跟著自己，莫云諳有些顧忌。「我們分開走吧？」

「為什麼？怕閒話？」藍尚恩明知故問。

「澤獻上次誤會了。」

「哈，他不檢討自己，還管上了妳的交友圈？」

莫云諳停下腳步。「澤獻他真的劈腿了嗎？」

「我才不要說，反正說了，妳不也選擇繼續？」

彷彿被人輕視一般，莫云諳咬著下唇。「因為又沒有確切的證據。」

「有差嗎？妳就繼續好好交往就行啦。」不知怎的，藍尚恩看起來有些生氣，逕自往圖書館走去。

「話不是這樣說。」莫云諳嘆氣，跟了上去。

圖書館裡頭的人並不多，莫云諳還完書往二樓的文學區走去，果然見到藍尚恩站在那裡。

「欸。」她輕聲開口，但藍尚恩似乎不理會她。「你幹麼？」

「我只是覺得自己很像白痴。妳知道多少人知道張澤獻的事情嗎？可是沒人跟妳講，只有我。」藍尚恩低聲說。「但我現在明白為什麼大家不講，因為當事者根本不會相信。」

莫云諳感覺自己的心臟彷彿被人緊緊掐著，下定這樣的決心並不輕鬆，她並不是好敷衍也不是白痴，只是她……她也不知道為什麼。

「你怎麼能這樣說，你又不是我。」莫云諳一開口，眼眶就泛淚。這出乎他們兩個的意料，她趕緊捂住自己的臉，藍尚恩則些微往後退了一點。

「妳幹麼哭，這樣好像我欺負妳一樣。」他手足無措地在包包裡翻找衛生紙。

「我沒有，我只是……」

「這樣很賊吔，女生最後總是會哭。」這時，藍尚恩終於找到衛生紙，連抽好幾張給她。

「我才不會，我不會哭。」莫云諳快速擦掉眼淚，可是卻沒有用，好像回到知情的那個夜晚，在宿舍哭得不能自已一般。

藍尚恩見狀，舉起手僵硬地拍了拍莫云諳的頭。這生硬的舉動，卻讓莫云諳確實被安慰到了。

終於，在這安靜的地方，她止住了哭聲。

「莫云諳，如果妳不想分手，但又覺得不甘心的話，那還有一個方法。」

「什麼？」

藍尚恩凝望著她，張口說：「和他做一樣的事情。」

她瞪大眼睛，以為誤解了意思，可是藍尚恩收回原本安慰她的手，定睛望著她。「妳也找一個不討厭的對象劈腿不就行了？」

「你在說什麼？」

「我說，做一樣的事情，妳就不會不甘心、也不會哭了，還能好好地在一起。」藍尚恩勾起嘴角。「妳好好考慮。」

說完，他拿起架上的一本書，從莫云諳身邊走過去，並沒有碰觸到她的身體，卻讓她起了雞皮疙瘩。

藍尚恩的意思，是她想的那樣嗎？

她有沒有會錯意？

第三章

現在／

和韋涵吃完飯後，兩人決定到附近走走逛逛。

「妳和男友現在還好嗎？」

「還不錯。」莫云諳說著。「妳呢？」

「也還可以，出社會以後感覺日子過得更快了。」韋涵挑了一件短裙給她。「這妳穿好看。」

莫云諳看著那條短裙。「我習慣稍微正式一點的服裝。」

「也是，畢竟公關部門感覺還是正式點好。」韋涵把短裙放回架子上。「一件事情有點好奇。當初妳知道張澤獻劈腿後，還是跟他交往了一段時間，直到最後才和平分手。」

「嗯。」

「為什麼？妳是在等自己死心嗎？」

「我也不知道。」莫云諳拿起一件亞麻洋裝。「我要試穿這一件。」

「我記得是在妳生日沒幾天後分手的對吧？」韋涵也拿了一件衣服，跟著她走往試衣間。

「是啊。」可以的話，莫云諳真的不想提。

在拉上試衣間的布簾前，韋涵探出頭說：「我總覺得每次提到妳和張澤獻分手的那段，妳都不太願意說。」

莫云諳一愣，隨即揚起微笑。「因為太痛苦了。」

這下換韋涵停頓，瞬間明白自己太過神經大條了。「抱歉，我想時間已經過去那麼久了。」

「過去很久了，可是我還是會覺得痛苦。」莫云諳垂下睫毛。「所以，就別提了吧。」

「嗯，再也不提了。」韋涵保證，然後進去了試衣間。

莫云諳脫下了衣服，換上那件亞麻洋裝，看著鏡子中的自己。

匆匆過去這幾年，她也成為社會人士，從一開始在職場上的青澀到如今臉上成熟的妝容與妝扮，以及懂應對的談吐等等，再再顯示了她的成長。

然而在她心中，那總是哭泣，直到現在還無法釐清的心情，依舊存在。

她或許還是那個，不懂戀愛的十幾歲女孩。

四年前／

大學畢業後的第一份工作，莫云諳找到一間臺灣創立的服飾品牌，一開始應徵的職稱是網路部門的助理。那一年，正是網路拍賣的流行高峰期，許多七年級生紛紛投入網拍這一行，電視上分享了諸多年紀輕輕便月入數十萬的例子，但更多的是虧本失敗，卻從來沒人知道。

他們公司有自己的設計師，每天需要畫出不同的設計樣式並且討論，莫云諳時常在網路部和設計部來回穿梭。每天有好幾千筆訂單，工作室中充滿了打字聲響及同事的咒罵聲，當然還少不了包裝貨物的聲音。

「靠！這個買家到底是要不要買啊？該不會是別的網拍品牌派來探聽敵情的間

諜吧？」忍不住罵出聲的是今天值日要回覆網路訊息的文小宣。

「別氣了啦，反正不就都是那些白痴問題？」搭腔的是和莫云諳一起對照出貨單號是否有誤的房祈亞。

「快點解決，我好餓。」莫云諳擦了下額頭的汗，看了牆上時鐘。「這份工作真不是人做的。」

「不過倒是可以拿到免費的衣服，這福利還不錯啊！」房祈亞笑得燦爛，身上穿的衣服也是公司最熱門的商品。她曾說過，自己會來這裡工作的最大原因，是因為從學生時代就很愛買這家衣服。

三個人好不容易將早上的貨物整理得告一段落，終於可以出去吃飯。

房祈亞走回位子上，用蜜粉在臉上壓了幾下，不忘塗上口紅。

她是個非常漂亮的女生，白皙的肌膚、飄逸的長髮，隨時隨地都注意自己的服裝儀容，手上的彩繪指甲也是一個禮拜換一次，與其說她是網路小幫手，更適合當網拍麻豆。

「好啦，走吧。」房祈亞拿起一旁的凱蒂貓提袋，裡頭裝著她貼滿水鑽的手機以及大紅色的名牌錢包。

「等我回完這一個該死的網路買家。真是在找碴！好，解決！」文小宣用力敲下 Enter 後關掉螢幕，兩手伸展大喊。

房祈亞和莫云諳同年，而文小宣雖然比她們大一歲，外表看起來卻像是高中剛畢業，圓臉短髮使她的臉更顯稚氣。

她們三人進來這家網拍公司都不到一年，但比起其他連試用期都還沒滿的同事，已經算是最資深的員工了。

「我覺得啊，最近客訴變多了，而且態度都很差勁，我常常看到一肚子火。」文小宣一邊吸著麵條，一邊抱怨。

「反正對方也看不見妳，一邊咒罵一邊回覆『謝謝您的指教』就好啦。」房祈亞每次值日回覆小幫手的時候，總是皮笑肉不笑地一一回應那些網路買家。

「這也是工作之一啊，畢竟我們也當過消費者，不懂的就是會問客服。」莫云諳選擇了比較中立的回答。

「但妳不覺得他們的問題很白痴嗎？明明規則都寫清楚了，幹麼還要問？」文小宣吹鬍子瞪眼。

「對啊，多去看一下規則是會怎樣。」房祈亞翻白眼。

雖然真的讓人生氣，不過有時候，買家就算看了規則，還是會有無法確定的事情，才會想要發問進一步確認，這些都是可以理解的。

不過莫云諳看了一下狀況，一鼻孔出氣的文小宣和房祈亞都在氣頭上，好像也只能附和她們說：「也是啦，就去看一下吧，省得添我們麻煩。」

「就說，我們是公司中最合的三個。」文小宣滿意地點頭，而房祈亞也勾起微笑當作回應。

話雖如此，其實三人心中都知道，這只是同事間友好的相處，再親近的同事都可能有隔閡。這大概就是出社會和學生時期的不同，那種心無芥蒂交朋友的時代已經過去了。

所謂的上班當同事，下班不認識。

因此在職場說任何話之前，莫云諳都會先想著合不合適，和同事們講話也會小心翼翼，以免造成不愉快。

任何事情都不是做真正的自己，圓滑成為一種手段。

但莫云諳最近卻有種不上不下的混沌感，明明是大傳系畢業，做的卻不是自己的專業，只能稍微擦到邊，一點也不暢快。

「對了，妳們知道嗎？『無名小站』快要關了。」房祈亞嘆氣。「我以前可是很努力維持無名人氣，沒想到居然說關就關。」

「不過我也很久沒有用無名了。」自從分手後，莫云諳便不再使用無名小站，連刪除照片都沒有。那裡應該還充滿著她和張澤獻的合照吧？

「最近有個新東西叫做 Facebook，妳們知道嗎？」文小宣睜圓眼睛。「我在美國留學的朋友說，那東西在國外非常紅！」

房祈亞顯然很有興趣。「那是什麼？類似無名的東西？」

「啊，是不是上次開會有在討論的？老闆說要申請的新平臺？」莫云諳問著。

「對呀！而且聽說比無名更厲害，好像可以即時互動，還能玩遊戲什麼的。我也不是很了解，但看來勢必會是未來的趨勢。」文小宣說。

「唉，沒想到無名的風光時代就這樣沒了。」房祈亞再一次嘆氣。

午休結束回到工作崗位後，莫云諳想到剛才聊天的話題，便順手打開無名。上頭的 Banner 果然寫著大大的「結束營業」。無名小站前幾年被另一間更大的網路公司收購之後，到了現在也面臨要關閉的命運。

所有人都急著將資料匯出到別的網路空間，而莫云諳看著時間彷彿還停留在大學時代的無名，果然充滿著她和張澤獻的合照及外出遊玩的點滴，心中不免生起一絲絲小小感慨。

沒有必要幫無名搬家了，就讓這些回憶跟著網頁一起消失吧！

滑鼠移到好友連結，那裡有著大學時代留下的朋友帳號，她先點下了韋涵，自動連結到另一個平臺；接著再轉而點了藍尚恩，他的無名看來也已經荒廢許久。

最後，莫云諳深深吸一口氣，點下了張澤獻的帳號。

她赫然發現，張澤獻的無名居然還有更新，最新的一篇寫著「掰掰，無名」。

她點開了張澤獻的網誌，寫著這幾年和無名相伴的點滴，原本以為，自己的存在會是張澤獻不願想起的過往。可是當她看見張澤獻網誌的最後一句話：「敬那些我愛過、恨過、遺憾過的人們，希望他們都能活出自己的人生。」

莫云諳不由得眼眶一濕。或許在張澤獻祝福的這些人之中，並沒有自己，可是她還是帶入了自己。

她回到了自己的無名，點開了當初的合照。

「再見了，張澤獻。」她說著，然後按下了刪除帳號的選項。

他們的歷史，不會隨著無奈的洪流消失，而是能自我選擇，放下這一切過往。

………

「我快要累死了！」韋涵一邊喝著咖啡一邊喊。

「天啊，妳也太操了吧？」莫云諳看著她美麗的臉蛋居然出現黑眼圈。

「馬的！公關公司根本不是人幹的，我要是哪一天暴斃，一點都不需要驚訝。」她像喝水一樣一口氣乾掉咖啡，又拿出兩顆維他命丟入嘴中。

「妳那樣喝咖啡又吃維他命，不怕胃痛喔。」

韋涵擺擺手，表示不在意。「啊妳那個網路助理工作做得怎樣？」

莫云諳聳聳肩，還能怎樣，就那樣嘍。

「怎麼都沒有聽妳抱怨？」她捲起一大坨義大利麵就往嘴裡塞。

「看見妳這麼累，我還抱怨自己那至少可以準時下班的工作，豈不是太白目了嗎？」莫云諳隻手撐著下巴，看著她難看至極的吃相。

韋涵瞇眼看她，嘖了一聲。「算妳有良心。可是說真的，畢業也一年多了，妳就真的打算繼續做那個助理的工作嗎？」

莫云諳聳聳肩。這不上不下的感覺她也知道，當初履歷亂投，才面試第一間公司就決定要去，一做就一年多。

「妳以前在學校的成績比我還好，只做助理，我覺得太可惜了。我們公司有一間合作的廣告公司正在徵人，妳要不要去試試看？」

「廣告公司啊……」

「別猶豫了，妳把履歷給我，我交給他們如何？」她擦擦嘴巴，看了莫云諳盤中的義大利麵。「妳不吃？」

「要吃呀。」莫云諳立刻用叉子捲了一團麵，小心別被她這餓死鬼吃掉。

「我好餓，如果想減肥又不想節食，來公關公司就對了，保證妳永遠吃不飽、睡不飽。」於是她又招來服務生，加點一盤大的青醬雞腿義大利麵。

有時候，莫云諳挺羨慕韋涵的。

雖然她時常看起來累到要死不活，可是從無憂無慮的大學生蛻變為現在為工作奔波的女人，這樣的韋涵，簡直閃閃發光。

就在莫云諳將履歷發Mail給韋涵的幾天後，便收到了那間廣告公司的面試通知。於是她請了一天假前往面試，終於來到一處和大傳系有關聯的地方。

看著熟悉的面試題目，回想起大學那段時光，莫云諳感到滿腔熱忱，而且也很幸運，面試官當下確定錄用她，一切順利到不可思議。

「那妳最快何時可以上班？」面試官問。

「可能要下個月初，現在的工作必須有個交接。」

「嗯，沒問題，那妳今天還有時間嗎？我請人帶妳參觀公司？」面試官雖這樣問，但已經按下會議室裡頭的電話擴音，並且按了分機。

「可以。」電話那頭正巧也剛接起來。

「啊，現在那一組誰有空，過來會議室帶新人繞一下。」面試官手肘撐在椅子把手上。

「我過去。」對方說。

過沒多久，有人敲了會議室的門。面試官應了聲，一個戴著黑框眼鏡的男人打開門。「經理。」

剛才沒有注意看名片，莫云諳才發現，原來幫自己面試的人是經理。

「帶她參觀一下吧，下個月初報到，剛好補你們那組要離開的人。」經理說。

戴著黑框眼鏡的男人看向莫云諳，表情微微一愣，接著瞇眼微笑。「好，那往這邊吧。」

他帶著莫云諳繞了辦公室一圈，並稍微介紹了一下部門跟環境。廣告公司裡頭每個人看起來都很忙碌，有些在會議室裡開會，有些在討論室製作簡單的樣本道具，有些人的雙手則在鍵盤上飛舞著擬訂企劃案。

「其實差不多就是這樣，啊，帶妳去參觀我們的休息室好了。」他說完後，領著莫云諳來到面向大片落地窗的空間。這裡採光良好，一旁放著許多咖啡機，還有飲料櫃，也有一些零食點心，甚至還有泡麵。

「加班是家常便飯，有時候忙到連下去買的時間都沒有，就只能吃泡麵。」男人從咖啡壺中倒了兩杯咖啡，走到落地窗邊的位置。「這幾天一個大型廣告才剛結束，所以現在可以稍稍休息，但很快又有下個 Case 要忙，無限循環。」

「會忙到沒辦法回家嗎？」

「那可不一定，要看負責項目。話說一直沒自我介紹，我叫林子雋。」他一邊介紹自己，一邊將掛在胸前的識別證翻過來，讓莫云諳看清楚上頭的名字。「妳是格林公關那邊的韋小姐介紹的是嗎？」

「我是她大學同學，我叫莫云諳。」

「她有說妳很能幹，我也跟她說我們這邊真的很操，雖然比起其他大型廣告公司稍微好一些，不過，妳還是要有心理準備。」

「我準備好了！」莫云諳握緊拳頭。

「我們雖然名義是公關部，但嚴格說起來也有點合併企劃部，畢竟是小公司，所以有很多事情要親力親為。」

莫云諳點點頭。「請問韋涵的窗口都是你這邊嗎？」

「沒錯！」他看了一下手錶。「應該差不多了，我等等還要去看場地。妳是下個月過來報到是吧，到時候找我就可以了。」

他從胸前的口袋拿出一張名片交給莫云諳，上頭寫的職稱是「組長」。

「不用在意那些頭銜，我們這組有好幾個沒有職稱的『組長』，每次開會都是吵吵鬧鬧，根本不知道聽誰的。」他說完還笑了。

受他感染的莫云諳也跟著笑，將名片收到錢包中。

離開一樓大廳時，莫云諳回頭看了一眼高聳得彷彿衝入雲端中的高樓，終於相信自己要轉換到另一個環境了。

……

「什麼？妳真的要走？」文小宣假裝暈眩。

「好突然呢！」房祈亞小嘆氣，但不知道是為了正在回應的買家留言，還是聽到莫云諳要離職。

「是呀，謝謝妳們這一年多來的照顧。」莫云諳客套地對她們說。

「喔天唷，我看老闆娘好像沒有在找新人的感覺，該不會從此就要我們兩個人做三人份的工作吧？」原來文小宣擔心的是這個。

「應該不至於吧，如果這樣我乾脆也辭職算了。」房祈亞這次搖頭加嘆氣，順便多罵了一句「白痴」回應螢幕上的買家問題。

「老闆娘有說會再請人，只是我可能待不到帶新人的時候了，到時再麻煩妳們。」畢竟這裡是目前最大的網拍服飾品牌，人手怎麼樣也要補足才行。

「那我們必須要辦個歡送會，擇日不如撞日，就今天吧！」文小宣提議。

「是啊，好好喝一杯。」房祈亞眨眨眼睛。

「那當然好呀！」莫云諳點頭。

原本想要去高檔的日式料理，但房祈亞不吃生冷食物，便改去可以喝酒看足球賽的美式餐廳。三個女人在美式餐廳接受了幾個外國人招待的啤酒，喝醉了的房祈亞和外國人聊得很開心，文小宣則開始抱怨工作上的煩心事。

最後，三人在店門口解散。莫云諳抬頭呼了一口氣，聞到自己口中的酒味，閉上眼睛，耳邊聽見的卻是車子呼嘯而過的聲音。

天空混濁，充滿電線、高樓、招牌，以及快速道路和捷運。

想念起大學那天，在那個所謂的祕密景點看的滿天星空。那碰觸在嘴唇上的溫柔觸感，帶著違反道德的叛逆，嚐在口中的韻味沾染了罪惡。

好久遠的事情，只是忽然想起。

———

「云諳，這一次的案子妳也提幾個企劃吧！」

在每週三的固定小組討論會時，林子雋忽然這麼說。

「我嗎？」

「嗯，妳進來一個月了，也該是時候提案了。」林子雋微笑，將手上的資料給她一份。

「別擔心啦，正式提案的是我，這只是給新人一個磨練的機會。」同組的另一個男生說話。他留著一頭長髮與鬍碴，造型相當有個性。

「是啊王宇城，就不要重蹈覆轍，讓新人的企劃取代你的。」開口吐槽的是田歆雯，俐落的短髮配上一身中性打扮，卻不失女人味。

王宇城老大不爽。「靠，多久的事情還提！」

「別理他們。」林子雋邊說邊笑。「加油吧。」

「不過講真的，一個月也太快了，之前的新人都是兩個月左右才會讓他們提案的呀。」離開會議室的時候，田歆雯歪頭提起。

「看樣子林子雋很看重妳吧。」王宇城聳聳肩，不甚在意。

如果真的是這樣，那就更不能辜負林子雋的期待。

莫云諳在心中暗自下了決定，一定要好好做。

廣告業非常忙碌，但莫云諳還挺樂在其中，總算有種學以致用的感覺，且同事們都相處得來又才華洋溢，每次提案的成品讓莫云諳十分驚豔。

加上在應對媒體方面，林子雋更是數一數二的厲害。

「所以說，這可是我精挑細選的好公司，朋友嘛，本來就是要互相幫助。」聽莫云諳說著這些話的韋涵，心滿意足地點著頭，將牛肉餡餅大口塞進嘴中。

「咦？難道不是因為剛好那間公司正缺人？」莫云諳笑著問。

「真的有挑過啦，我可不希望妳跟我一樣忙得要命，我薪水頂多比妳多個五千，結果忙得跟狗一樣，我還寧願少那五千，多點休息時間。」韋涵說歸說，但還是算了一下。「可是扣掉勞健保的話，這樣一年就少了五萬，唉唷！好多！」

「這一次的提案我很沒信心，雖然林子雋說只是讓我試試看，但其實，應該是想測試我的實力吧？」

「喔，不會啦，林子雋是個好人。」韋涵淡淡一笑，眼神變得有些曖昧。「欸，怎麼樣，他是妳喜歡的類型嗎？」

莫云諳皺起眉頭。「講這個幹麼啦！」

「哈哈，就只是問一下嘛！自從張澤獻之後，妳就沒再談戀愛了，我是擔心妳會害怕愛情。」

「嗯，應該說，我想要多交些朋友，但不會害怕愛情，總不能因為跌倒過就不再走路吧。」

「莫云諳，我喜歡妳的這個比喻。」韋涵心領神會地點點頭。

「不過，為什麼會提到林子雋？」莫云諳狐疑問道。

韋涵轉轉眼珠，故作神祕。

「快點說啦，怎樣了？」莫云諳戳了戳韋涵放在桌上的手臂。

「好啦，之前妳去面試那一天，林子雋有在線上敲我問妳的事情，所以我就猜他是不是對妳有意思。」

莫云諳的心縮了下，不自然地順了順頭髮，扯出微笑問：「他問什麼呀？」

「就是我們認識多久啦，還有妳個性如何之類的，都是一些雞毛蒜皮的事情，也就只問過那一次，之後就沒再問了。」韋涵瞇起眼睛。「所以說，他有跟妳表示過什麼嗎？還是有感覺到什麼不尋常的氛圍？」

「都沒有。」

「唉唷，林子雋是個還不錯的選擇，欸，像他那樣的極品男人已經是絕版了，還不好好把握。」

「把握個頭啦，都妳在講！」莫云諳喝了一口飲料。「那妳呢？現在跟男友怎麼樣了？」

「別提了吧，我這麼忙，早就分手了。」

「真假，又分手了？」莫云諳洩氣。韋涵的戀愛總是不長久，倒不是韋涵難相處，就是她太為工作而活。

「說真的，我這麼忙，談戀愛也沒空經營啦！」

「青春實在太短暫了。」莫云諳不禁嘆氣。

「是呀，如果大學要唸八年就好了。」

「妳可以讀完研究所再去攻博士班呀。」

「那等到我出社會的時候就要三十歲了！女人的青春啊，真是太短暫了！雖然現在都提倡什麼熟女生活，三十幾歲也要過得很美麗很自信，我當然也同意，可是女人的青春這麼短暫。二十幾歲是生孩子的黃金期，但現在這個年代除非不小心，不然誰會想二十幾歲就生小孩！」韋涵憤憤不平，講了好幾次「短暫」。

莫云諳也同意。「男人先成家立業沒問題啊，可是女人呢，應該要先立業再成家，不然一輩子就被小孩綁住了。」

兩人聊著聊著，同時看向了餐桌的另一頭。那邊正有一對家庭在用餐，年紀看起來與她們差不多，爸爸一邊滑手機一邊吃飯，而媽媽顧著坐在娃娃椅上的孩子，一邊餵食一邊幫她擦手。

看著這樣的情景，莫云諳覺得有些可怕。要傾盡一生心力貢獻給一個家庭，擔心孩子的一輩子，提心吊膽他的生命安全，害怕他生病……而自己一輩子的生活，就都寄託在那裡了。

她的人生，還沒準備好對另一個人負責。

「我啊，還想測試自己的能力可以到哪裡？」韋涵忽然開口。她看著那一桌的夫妻，搖著頭，轉過來看著莫云諳，輕聲說：「妳看男人完全不幫忙顧孩子，說不定手機那頭還在跟小三聊天呢。」

莫云諳哈哈大笑起來，笑罵道：「妳真的很壞心。」

「十個男人九個外遇，剩下那一個剛好沒錢沒本事，所以才無法外遇。」她翻了白眼，招來服務生多點了白酒。

「這樣講好像有點偏激吔，我爸就是超級好男人啊！」

「唉唷妳爸是異類啦！」

「妳爸呢？」

「哦，我爸也異類，也是超級好男人！」韋涵吐舌一笑。「不管啦，反正呢，我們女人應該當自強。」

莫云諳挑眉，贊同好友的看法。「敬當自強。」

舉起白酒和好友乾杯，但莫云諳內心是心虛的。

她，有資格說這句話嗎？

-

「云諳，妳的這份企劃發想是源於什麼？」

莫云諳將自己想了三天並試著寫出的企劃交給林子雋。

「嗯，就是某天坐捷運的時候，發現大家都在滑手機，窗外的天空其實正巧出現了難得一見的雙層彩虹，可是大家卻顧著低頭看世界，竟然沒人發現眼前更漂亮的風景，所以我就……」莫云諳聳聳肩。

林子雋看著企劃報告書，若有所思地點著頭。

莫云諳盯著他的臉龐，不禁想起韋涵曾說過的話，瞬間覺得有些緊張。此時他正巧抬頭，兩人對上視線，一時間，莫云諳慌張地匆忙移開眼神，而林子雋則喊了王宇城過來，告訴他。「這一次用云諳的企劃。」

「啥?!」王宇城大聲驚呼，連莫云諳也瞪大眼睛不敢相信。

倒是坐在座位上的田歆雯聽了，哈哈大笑。「看！就說很容易被新人搶走企劃吧！重蹈覆轍了啊！哈哈哈！」

「閉嘴！田歆雯！」王宇城大吼，想挽回頹勢。「等一下喔，老大，你冷靜點，我那份企劃應該也還不錯啊！」

「的確不錯，可是和云諳的相比，你的顯得太過商業化。這一次業主希望走小品方式，所以云諳的比較合適。」

「商業化？喔，老大，廣告業就是一種商業化行為啊，世界上所有的東西都必須商業化才好賣呀，要賺錢的啊！有錢才能運轉啊！大哥！」王宇城繼續扯破喉嚨大喊。

「好了啦，這樣很難看喔，你要更加磨練才行。」繼續幸災樂禍的依然是田歆雯，其他人看他這樣也都哈哈笑著。

「總之，這次企劃就用云諳的，但其他東西還是由你負責。」林子雋下了結論，而莫云諳依舊震驚不已。

王宇城斜眼看著莫云諳。「可惡，算妳好運！」

「那個，真是對不起……」莫云諳抱歉地說，卻讓王宇城變得更加崩潰。

林子雋笑個不停，在鏡片後的笑意讓人感覺如此溫暖。

這是莫云諳進公司後第一次經手的廣告案，親眼看見以前只在電視上看過的明星，也覺得十分不可思議。

她的工作暫時只需要準備道具、協助確認商品，林子雋監控整場，並和攝影、燈光師等協調，田歆雯和王宇城則負責和各單位負責人員溝通，及其他莫云諳還勝任不了的調度。

短短幾分鐘的廣告，卻必須花將近一天來拍攝。

田歆雯卻說最高紀錄曾經拍了三天，就為了一個頭髮飄揚的效果，聽得莫云諳直打哆嗦。

好不容易終於完成拍攝之後，還得回公司確認畫面，再和剪接師說明需要哪些鏡頭，同時得去找適當的背景音樂。

這件案子結束後，後頭的案子又再接踵而來，每天十點可以回家是幸運，看見天亮根本算家常便飯，可是莫云諳卻樂此不疲。

不過很快地，身體就發出了抗議。

某天，就在他們承接下公司開業以來最大的一件Case時，所有人都繃緊神經準備對客戶簡報，莫云諳卻在站起來走往投影機時頭昏眼花，接著一陣黑暗襲來。等她再次張開眼睛，已經躺在醫院的床上了。

「醒了？」林子雋輕聲問道，原本眼中帶著一絲憂鬱與擔心，在看到她醒來後，總算鬆了一口氣。「醫生說是因為妳太累。」

莫云諳覺得好丟臉，大家的工作量明明是一樣的，她卻先掛病號。

「對不起……」莫云諳口乾舌燥，眼角的淚水滾燙。

「沒什麼好抱歉的。」林子雋柔聲說著。

他的手覆蓋在她的額頭上，輕輕撫摸。

「我搞砸了嗎？」

「怎麼會呢？妳雖然在簡報的時候突然昏倒，但幸好田歆雯馬上就幫妳 Cover 過去。別擔心，我們還是拿到了案子。」林子雋的手沒有移開，而莫云諳注意到他眼下的黑眼圈。「不要勉強身體。」

抱病上班的人大有人在，她不想拿身體柔弱這點當藉口而離開工作崗位。

「對不起，以後不會再發生這樣的事情了。」莫云諳說，揚起吊著點滴的手背，擦著自己不爭氣的淚水。

「不用勉強身體。」林子雋又說了一次。

在這短短的瞬間，空氣中有一絲絲的不同。看著林子雋的雙眼，她覺得似乎回到了以前和張澤獻剛相遇的時刻。

———

再一次戀愛的時機，沒想到會這麼突然且迅速。昏倒過後，林子雋無微不至的照顧與接送，讓莫云諳再次湧起了想被愛的感覺。

所以在他告白的當下，莫云諳便答應了。

她並不想當個被照顧的女人，尤其是在他面前病倒又哭泣這件事，是人生中最大的失誤。

那些脆弱又軟弱的一面，不應該被男人看見。

那天和韋涵乾杯說的「女人當自強」，是莫云諳的信念。

她可以因為感動而落淚，但絕不能接受軟弱而哭泣。

所有屬於女人的懦弱，都留在大學了。

「妳的手好軟。」每當林子雋牽著她的手，和莫云諳靠著肩仰望夜空的流星雨時，她總會想起大學時代的事情。

「沒有想到可以再一次看見流星雨。」她不禁脫口而出。

「以前和誰一起看呢？」他狡詐地微笑，看著莫云諳的眼神很是溫柔。

「大學同學，很多人。」莫云諳回以微笑。「你有過嗎？夜遊，男男女女都有的那樣。」

「瘋狂的大學生活好像是很久以前的事情了。」他撫摸她的手。「現在這雙手才是真的。」

「好肉麻。」莫云諳笑著說，而他已貼上她的唇。

那年，莫云諳二十五歲，雖然已不會天真地相信一段愛情便能永遠，但依然對愛情保有一絲憧憬。

然而，當熱戀期過了之後，隨之而來的便是生活，許許多多、大大小小不一樣的觀念衝突，讓莫云諳好幾次都感到疲憊至極。

幸與不幸，都在於兩人是同事，工作上的衝突會帶到感情中，而感情中的衝突亦會因為工作而暫時拋到一旁。

在這家廣告公司工作將近兩年，從企劃助理身分升到公關專員，拿到人生第一張屬於自己的名片，然後，就在那個冬天的臺北街頭，莫云諳重新遇見了藍尚恩。

第四章

現在／

莫云諳一來到公司便先打開電腦，一邊整理東西。

電腦開啟後，她點開 LINE 後登入，而藍尚恩也正好跳出訊息。

「早安，問一下有沒有推薦的餐廳。」

「帶客戶吃飯嗎？」

「大客戶，所以高檔一些。」

莫云諳想了一下，丟了一些連結給藍尚恩，他已讀，卻沒有回應。

於是莫云諳關掉了與他對話的視窗，打開昨天寫到一半的企劃，正覺得某處發生矛盾，起身走向林子雋的位子想跟他研究一下。

不過在莫云諳靠近的時候，林子雋迅速關掉桌面上的聊天視窗，這使得她輕皺了下眉頭，心中雖然懷疑，卻沒開口問。

「怎麼了嗎？」林子雋溫柔詢問。

「我這邊有些疑惑。」她將企劃放到林子雋的桌面。

「啊，這裡應該……」兩人很快進入討論狀況，並發現其中矛盾。接著林子雋提到：「今晚我有大學聚會。」

經歷過前男友的事件後，現在的莫云諳告訴自己要更全然地相信對方，別胡思亂想，只要以不變應萬變就好。

「好。」

然而內心有了一些些懷疑，就像墨水滴入水缸之中，只會擴散。

結果說得好聽，那個夜晚，莫云諳不斷按著F5更新林子雋的Facebook頁面，看著他們是否有打卡。但什麼也沒有。

接著她點開了林子雋的LINE，看著他們最後的聊天紀錄，是她提到「我要洗澡了」，而林子雋回了「ＯＫ」之後，就沒再有下文。

莫云諳的內心開始胡思亂想，他真的是去和同學聚餐嗎？為什麼這麼突然？忽然急著關掉的聊天視窗對象是誰？該不該打電話過去呢？

可是想想張澤獻，自己會不會又犯一樣的錯？

就在她陷入這樣疑神疑鬼的情緒之下，螢幕右下方跳出視窗。見到來者，莫云諳立刻點開。

「今天忙翻了，現在才有辦法回。」藍尚恩傳來訊息，貼了張沮喪的貼圖。

「欸，你有空嗎？聊一下？」莫云諳飛快打上這幾個字。

「怎麼了？」

但莫云諳停頓了一下，覺得自己是不是太衝動了。告訴藍尚恩好嗎？會不會又重蹈覆轍？

「怎麼了？」藍尚恩又再次追問。

莫云諳仍猶豫著，打出的字又刪除，如此反覆。

「妳有什麼事情都能對我說。」然而藍尚恩的下一句話，讓莫云諳卸下了心房，就跟過往一樣。

「我懷疑男友不是去同學會。」她把事情大約說了一下，藍尚恩靜靜地看著。

「妳懷疑的話就打電話過去呀。」

「不要，會顯得我太纏人。」
「那就去睡覺不要理他呀。」
「藍尚恩，建設性呢？」
「哈哈哈，我回得很有建設性啊。」
雖然覺得藍尚恩講話很討厭，可是莫云諳心情的確好多了。
而就在這時候，莫云諳發現林子雋的 Facebook 介面上更新了一條狀態，是他和朋友們在熱炒店的打卡，約莫十多人，有男有女。
這下子，莫云諳總算鬆了一口氣，心情放鬆不少，再次覺得剛才神經質的自己很可笑。
藍尚恩的訊息再次跳出。「欸，所以妳打算怎麼做？」
「一切都是我多心了，他真的只是和朋友吃飯。」
「不一定喔，有可能那群朋友裡面，就有一個他的前女友。」
「藍尚恩，你真的很煩！」莫云諳傳了打人的貼圖回應他。
「哈哈，下次有空約吃飯吧。」
「嗯，好啊。」

於是兩人就這樣草草結束了對話。關掉電腦後，林子雋的電話正好打來，那頭聽起來十分開心。莫云諳在被窩之中聽著他的聲音，覺得心安。

他沒有說謊，而且在那吵雜的世界中，他還是有想到自己。

－－－

「上次那個廣告商要辦一場感謝回饋的餐會，我們公司也有受到邀請。」中午用餐時刻，林子雋提到此餐會，接著就將邀請函遞給莫云諳。

「哇，辦在這麼高級的飯店啊。」是臺北開幕沒多久的六星級飯店。

「畢竟是那麼大家的公司，廣告的效益也很棒，所以大手筆。」

「我們公司要派你去嗎？」莫云諳問。

「那天晚上有其他事情，所以讓妳過去。」他的話讓莫云諳忍不住皺眉。

「那天晚上有什麼事情？」

「有一個新的廠商要接洽，若談成的話，又是另一個大案子。」他將筷子放下，用衛生紙擦了擦嘴。

「哦，哪間？」

「暫時保密。」

「是我吔，我是你女朋友又是同事，連這也要保密？」莫云諳有些不高興。

「就算這樣也不能洩漏公司機密。本來不就規定，在談成 Case 前不能告訴其他人嗎？員工手冊上有寫。」林子雋扯了嘴角微笑。

莫云諳的視線在他臉上打轉，試圖想找出些蛛絲馬跡，卻發現似乎徒勞無功。男人說謊或不說謊，全憑他們的能耐與經驗值，再聰明的女人也不一定看得出來。

「好吧，那就我去。」莫云諳接過邀請函，內心卻始終覺得不踏實。

「謝謝各位一直以來的大力支持，今天不談工作，盡情放鬆、享用美食吧！」

餐會當天，廣告商大老闆在舞臺上舉杯和大家敬酒，莫云諳喝著好喝的香檳，在人群中打轉，時不時遇見曾合作過的對象，在場的幾乎都是媒體圈的同行朋友。

整場餐會下來發了大約二十張名片，雖說不談工作，但這種場合就是用來接洽工作的。

「咦？莫云諳！」忽然一個聲音喊著。莫云諳停下腳步回頭，不敢相信地看著前方穿著酒紅色長禮服的女人。

「房祈亞？」

許久不見的房祈亞還是一樣那麼漂亮，在人群中就是注目的焦點。

「哇，好久不見了！」房祈亞開心地拉住莫云諳的手，她手上的彩繪指甲依舊華麗得誇張。「怎麼會在這種場合遇見妳？」

「我們公司和他們有生意上的往來。妳呢？還是在那邊上班嗎？」

「是呀，妳應該也知道，我們現在拓展到實體店面了，算是和他們有間接合作過，所以也受到邀請。」房祈亞順手拿了一杯剛經過的服務生托盤上的紅酒，喝了一口後說：「本來是文小宣要代表公司來，但她臨時有事，所以就換我啦！沒想到會遇見妳。這邊真的好高檔。」

能見到以前的老同事，這種感覺還真奇妙，看來這個業界果然很小。

莫云諳想起當年歡送會分別時，房祈亞和文小宣兩人還嚷嚷說要保持聯絡，結果若不是現在遇見，倒是連聯絡都不曾，就只是保持 Facebook 好友的關係。

老實說，這樣的情況反而變得有些尷尬。莫云諳代表公司出席，戴著工作中的面具，但若是遇見老同事，又會變成另一種，可是如今和房祈亞卻又不甚熟悉。

莫云諳心中正想著該如何和她分開行動，卻發現另一件更驚訝的事情。人群之中，居然站著藍尚恩，而他也正巧發現了莫云諳。

「莫云諳，看樣子巧遇一遍之後就會不斷巧遇。」他拿著香檳走過來。

「你怎麼也會在這裡？房仲和他們也有生意往來？」今晚根本變成舊識相聚。

「我們老闆和他們老闆可是同窗，所以跨業贊助啦！」藍尚恩回頭比了一下後面那一群穿著西裝的男人們。「我們公司的人只要想參加就能來，不錯吧！」

「哇，好大手筆。」莫云諳驚呼，看見一旁笑得有些尷尬的房祈亞，立刻向藍尚恩介紹。「這是我以前的同事，這是我大學同學。」

「喔，我叫藍尚恩。」身為專業的業務，藍尚恩不忘遞出名片。

「我是房祈亞。」她笑著接過藍尚恩的名片。

莫云諳正想再多說點什麼的時候，剛才交換過名片的某間行銷公司代表靠了過來。「抱歉打擾一下，請問妳現在方便嗎？」

「啊……」莫云諳來回看了房祈亞和藍尚恩兩人。房祈亞先點頭，藍尚恩則露出微笑聳肩，莫云諳對他們兩人頷首，就跟這位行銷公司代表離開。

「我們剛才提到了這一次的廣告，正巧這次貴公司也……」對方說明找莫云諳的理由，她回頭望了眼被留在原地的那兩人，然後再次戴起專業的工作面具，開始傾聽眼前可能將成為下一筆 Case 的合作對象。

- - -

交往兩週年的那個晚上，林子雋在他的套房中準備了紅酒，看完夜景後邀請莫云諳過去。

「看能不能生米煮成熟飯，然後順理成章地懷孕生孩子，恭喜達成好男人 Get 成就。」韋涵在訊息裡頭胡亂回應，接著抱怨自己現在還在加班，莫云諳卻要和男人廝混。

「我可不想奉子成婚，也不想這麼早結婚。」莫云諳回應，但腦中卻不免幻想起這種可能性。

「哼，假仙，又不是沒做過。」韋涵說。

「妳應該不會才喝一點酒就醉了吧？」林子雋微笑著拿了兩個酒杯，殷紅的紅酒滑入杯中。

「才不會呢！」莫云諳趕緊關掉與韋涵的訊息，接過他的紅酒。

「但我不太能喝。」林子雋並不在意莫云諳訊息那頭的對象。

「騙人，不能喝怎麼家裡有紅酒？」莫云諳不禁笑說。

他只是微笑，沒多說什麼。兩人將紅酒喝至瓶底，雖然幾乎一半以上都進了莫云諳肚中。

這下子，她才知道林子雋說的是真的。他臉頰泛紅，整個人昏醉到不行。

「你還好吧？」雖沒醉倒，但也因酒精而使莫云諳笑個不停。她輕拍著倒在沙發上的林子雋的臉頰，然後親吻他。

而林子雋也笑著，一邊看著她的臉，輕輕吻上莫云諳的唇，接著說：「妳跟以前一樣會喝。」

「是嗎？我——」微笑的嘴忽然僵在那個弧度。話到此處，莫云諳愣住了。

跟以前一樣？

「這是我們第一次一起喝酒呢。」她說。

而林子雋雙眼迷濛，微笑著說：「哪是！」然後沉沉睡去。

以前？

莫云諳的酒意全退。林子雋是把自己與誰比較了呢？

︙

「妳怎麼不問？」韋涵將手上的合約交給莫云諳。

「因為我不知道該怎麼問。」莫云諳確認了每個蓋章處無誤後，將合約放回信封之中。

「就說，昨天你講到的是誰啊？我們第一次一起喝呢。」

「他一定會說不記得。」

「沒問怎麼知道！」韋涵搖頭，開導著說：「我覺得不要太疑神疑鬼，妳知道百分之八十的問題都是女生自己想太多，問清楚就沒事啦。」

「但百分之九十的問題，男人都有辦法矇混過關。」莫云諳又說。韋涵聳肩，一臉無奈。

「不然妳去問藍尚恩？」
「嗯？」
「他可以站在男人的立場幫妳分析一下，順便問他如果劈腿的話，會用什麼方式隱瞞女友好了。」
莫云諳瞪大眼睛。「妳是說林子雋劈腿？」
「我沒那樣說，只是以防萬一。唉唷！不會每個人都是張澤獻，放心啦！」韋涵說著連自己聽了也沒把握的話。
是呀，雖然告訴自己不要胡思亂想，但不是每個人都是張澤獻。
見莫云諳一臉擔憂，她搔了下後腦，接著說：「妳不要自己想太多，一個人愛不愛妳，妳應該感覺得出來吧？」
莫云諳一臉疑惑。被愛的感覺嗎？
對自己很溫柔、寵溺的眼神等等，那就是愛嗎？
愛是這麼簡單又容易的東西嗎？
如果是這樣，世界上就不會有分手這件事情了。
因為，如果那麼輕易會消散，便不是愛了。

難道所有情侶都沒有愛嗎？

每個交往的初衷，不都是因為愛嗎？

還是說，愛情本來就是如此容易消散呢？

那麼，這樣支撐著婚姻的那份愛，究竟又是多偉大的愛？

即便談了幾次戀愛，莫云諳還是沒有答案。拿著韋涵的合約回到公司，交給林子雋的時候，正巧看見他電腦螢幕上的視窗，她飛快瞄過一眼，似乎是上次大學同學聚會的群組。

「麻煩妳了。」林子雋看了合約後，放到桌上。

「你……」莫云諳想問，但頓了下，還是改了話題。「晚上要一起吃飯嗎？」

「今晚上次沒來的大學同學要再聚一次，所以……」他無奈地聳肩，但看得出他和老同學相聚很開心，況且螢幕上的視窗也說著晚上見，莫云諳知道他沒有說謊，那是場有男有女的聚會。

「好吧。」但莫云諳還是偷偷記下剛才從螢幕上瞄到的餐廳地址。

傍晚時，莫云諳搭了計程車來到那間餐廳，躲在門口東張西望。

的確看見林子雋和一群男女圍坐在大圓桌，大家都笑得很開心，看起來沒有異常，也沒有不對勁。

那她站在這裡偷看，是為了什麼？為了內心的不安全感？還是林子雋不值得信任？還是那天晚上，林子雋脫口而出的那句令人不安的話語？

總是這樣疑神疑鬼，甚至跑來視察的自己又算什麼？

「蠢斃了……」莫云諳自嘲著，就要轉身離去，不小心撞到另一個正要進餐廳的男人。

「哇，抱……咦？妳怎麼還不進去？」素未謀面的男人見到莫云諳先開口，不過見到她一臉疑惑的表情，男人一愣。「啊，認錯了，抱歉。」

「沒關係。」莫云諳沒有多想，快步離開餐廳。回頭看了一眼，那男人正往林子雋那桌走去。

象牙。

「有一種很老套的故事喔，可能妳長得很像他的前女友？」藍尚恩狗嘴吐不出

莫云諳不是沒有想過這可能性，她立刻轉寄了那天林子雋打卡的照片給他，尖

銳地問：「你覺得這群女的之中，有誰像我嗎？」

螢幕那頭的藍尚恩已讀許久，正當莫云諳以為他要投降之時，他卻回應說：

「如果要說長相的話是沒有，可是也許對他來說，是有哪些地方相似吧！」

「硬拗！」

「我可是很老實的喔，就跟穿衣服有風格一樣，人談戀愛也有風格，總是會被

差不多的類型吸引。」

「但是林子雋和張澤獻很不一樣。」

「那可能妳喜歡的範圍比較廣吧。」藍尚恩貼了一張拍地笑的貼圖。

「你真的很煩。」

「我很認真吔。」藍尚恩雖這麼說，但能想像得到他那高傲的表情。

「對了，我有看見你和房祈亞互加好友。」

「喔，對呀。」

「怎麼樣，她是你喜歡的型嗎？」

「所以妳男友叫做林子雋喔。」

「不要轉移話題！」

「妳才別轉移話題，本來就在聊妳的事情。」

「你從以前就只會挖別人的八卦，卻從來都不講自己的事情。」

「我有這麼壞嗎？」

「你有，而且現在一定在笑。」

莫云諳和藍尚恩的話題暫停在此，但是他們兩個都沒有離開螢幕前。

有些話梗在喉間，有些事停在過去，有些人卻存於現在。

莫云諳的手指停在鍵盤上，思前想後。她明白大學時期已經是很久以前，但時間過去夠久了嗎？久到他們能夠談起那段往事了嗎？

「莫云諳，所以妳有什麼打算嗎？」藍尚恩在那頭問。

「我可能再確認吧。」

她落下最後這些字，藍尚恩回應了聳肩的貼圖，這話題便到此告終。

稍晚，林子雋醉醺醺地來到莫云語的租屋。他的眼底閃過她沒見過的苦澀，輕輕吻著她的唇依舊溫柔，可是他的表情看來是那麼悲傷。

一個人愛不愛妳，妳應該感覺得出來吧？

莫云語想起韋涵曾說過的話，看著壓在身上的林子雋，他愛憐、溫柔，卻又帶著一絲痛苦。

林子雋好幾次對上莫云語的雙眼，卻在那個瞬間又避了開來。她強制吻上林子雋，逼迫他看向自己。在床笫之間唯有眼神交流，才更能確認彼此的愛。

可是林子雋將莫云語拉起，轉而背對著他，扶住她的腰際律動。如此一來，便無法對視。

明明身體連接著，可是莫云語卻感受到了苦澀。

有什麼在他們之間，揮之不去。

「這是第幾次出錯了？你最近發生什麼事情了？」經理這個月已經是第三次走進莫云諳他們這組。

「我不會找藉口，是真的發生錯誤。」林子雋彎腰道歉。

「老大最近是怎樣了啦？」王宇城皺眉。

「該不會你們有吵架吧？」田歆雯小聲問。

莫云諳搖頭否認。「我們沒有怎樣啊。」

「還是妳不自覺卻惹到了老大，或是給他什麼壓力？例如逼婚什麼的。」王宇城又問。

「我沒有，我們根本沒有發生什麼問題！」莫云諳被問得心煩且氣憤而有些大聲，引來了經理和林子雋的注意，三人連忙低頭繼續處理自己手邊的工作。

「我不希望還有下一次。」最後，經理在離開前如此說。

「真的很抱歉。」林子雋對著經理的背影再次彎腰抱歉，嘆了一口很大的氣，才沮喪地坐上椅子。

田歆雯用手肘頂了下莫云諳的手臂，用眼神暗示要她過去安慰，但王宇城卻搖頭，迅速傳了訊息給她們兩個。「男人低潮時可不想讓女人看見。」

「在低潮時不能安慰的話算什麼女友！」田歆雯回。

莫云諳苦惱。那到底該怎麼做？

所以她問了藍尚恩，覺得他最能給出公正的建議。

「不要為了這種無聊的事情來敲我。」結果，藍尚恩超無情無義，回傳了一張外頭的大太陽照片。「我正在為了提升臺灣GDP而努力，妳的小情小愛拜託自己解決。」

「欸，你只要告訴我，你希望女友怎麼做就好。」

「我會希望女友給我一點空間，我自己能處理好情緒。」藍尚恩說。

莫云諳想了下，不確定林子雋是不是這樣的個性，還是屬於希望女友過去安慰的類型？

思考不出答案，於是她趁著午休時刻走到林子雋身邊，想約他去吃午餐，看能不能幫他散心一下。但林子雋搖頭苦笑，臉上流露疲倦。「這一份我等等就要交給經理，妳先去吃吧！」

「那要幫你買回來嗎？」

「嗯，也好，隨便幫我買就好了。」他說。

來到電梯門口，莫云諳遇見正準備外出用餐的田歆雯和王宇城。

「妳不跟林子雋一起吃嗎？」

莫云諳聳肩。「他說午餐幫他買回來就好。」

「畢竟經理在盯。」王宇城嘆氣。「我們能準時吃飯的日子也沒幾天了，要好好把握啊，下禮拜開始又有大案子，再一次的地獄生活！」

三人來到外頭，中午的烈日毒得曬到皮膚都刺痛，選了間最近的水餃店，剛坐下不久，莫云諳便決定要把自己的那份買回去陪林子雋一起吃。

「也是啦，趁現在辦公室沒人，可以甜蜜一下。」田歆雯打趣說著。

「別白目地問他做得怎樣了，就當沒那回事吧。」同樣身為男人的王宇城，和藍尚恩給的意見差不多。

於是莫云諳買好了水餃與酸辣湯，急切地想見到他，匆匆回到午休中的公司，卻沒看見林子雋，只剩下他桌上未關的電腦螢幕。

她將食物放在桌上，瞧見螢幕上有個LINE的視窗，上頭顯示：「您正在用其他機器通話中。」她四處張望了一下，沒看見林子雋。

就算男友的手機放在面前，莫云諳也從不會去偷看，因為人都有隱私，況且查看的行為就表示不信任，有些界線是不能踰越的。

可是，這些日子來，莫云諳實在是太懷疑，加上之前的疑惑都還沒得到解答，使得莫云諳像是著了魔一樣，竟不由自主地靠向螢幕。

正在通話那頭的視窗，從對方的大頭貼看來是一個女人。林子雋最後一句話是：「我沒想到妳這麼早就結婚了。」

女人回應：「我也沒想過會再遇見你。」

接著就是他們正在通話的視窗。

這句話，蘊含著很多種可能，可能就只是好久不見的同學閒聊，但女人的第六感有時候很準，光從字裡行間，莫云諳也知道這並不尋常。

她的內心不禁湧起一股強烈的怒意，好像再一次回到初次得知張澤獻背叛的那種心痛時刻。

眼淚掉下來，莫云諳立刻四處尋找林子雋的身影，想要他解釋這段話的意思。當她來到後陽臺，正巧看見林子雋也掛掉電話走了過來，她趕緊擦掉眼淚，對他露出一抹勉強的微笑。

「妳怎麼了？」

眼前的男人，陌生又熟悉，他的雙眼之中帶著些些愧疚，卻依然擔憂。

「你在跟誰講電話？」莫云諳直接問。

「大學朋友。」

「結婚的那個？」

他驚訝地瞠大眼睛。「妳看了我電腦螢幕上的訊息？」

「是你螢幕沒關，我可沒偷看。」莫云諳保持淺淺微笑。「所以你們說了什麼？」

「我很訝異她結婚而已，就這樣。」林子雋的表情可不像只有那回事。

「她只是你的大學同學？不是前女友什麼的？」

林子雋一愣。「我不想跟妳說謊，是我大學女友沒錯，但就只是這樣。」

此刻，莫云諳內心震撼無比，真相絕對不是只有這樣。

「你和她真的沒有任何關係了嗎？」

「云諳，不要在公司談論私事，但我可以跟妳說，畢業之後我就沒再見過她了，也沒有妳擔心的那種事情，別胡思亂想。」

一點點的不對勁，莫云諳知道的，他沒有說謊，但也沒說出全部的實話。

她相信他，卻又不信他。

但此刻，莫云諳只能忍下滿腹的疑問。不在公司討論私事，這樣的事情，該是關起房門說的。

這件事情暫時放下，沒有深刻討論，畢竟下一筆大案子也進入準備階段，再加上林子雋前陣子談的客戶也簽下合約，使得經理眉開眼笑，好像之前那些憤怒或是低潮都是假的，林子雋又恢復了風生水起的模樣。

莫云諳的生活再次變成每日不斷更改企劃提案向廠商報告，來回奔波於各家公司之間，之後還要敲定女明星、攝影棚、化妝師等，新的 Case 又接著進來，所有人都忙得焦頭爛額。

基本上，有時間可以吃飯、睡覺就該感激，根本沒時間去談兩人的感情關係。加上林子雋這段時間因為工作忙碌，幾乎天天加班並與莫云諳在一起，她也就淡淡地放下那件事情。

畢竟只要是人都有過去，偶爾會緬懷過去也是正常的。

像是張澤獻，她也是到了前一陣子才真正地放下。

以及，藍尚恩。

好像很久沒和藍尚恩聯絡了。在這繁忙的時刻，莫云諳幾次看到藍尚恩的訊息都無法即時回應，更多時候是已讀但忘記回覆，等到想起時，又過了回覆的時機。

就這樣，明明重新拾起的緣分，又好像慢慢地淡掉了。

就這麼不知不覺，一路忙完眾多案子之後，竟也過了半年。

「哈啾！」

「你沒事吧？」

「沒什麼。」林子雋雖這麼說，卻又打了個噴嚏。

「該不會是之前工作太忙，現在告一段落，身體一次釋放疲勞吧？」田歆雯濃厚的鼻音從口罩後傳來。

「妳身體真是太虛了，看看人家莫云諳，只有剛進公司暈倒過一次，後來就頭好壯壯了。」王宇城幸災樂禍。

「人家有愛情滋潤，我有個屁？」田歆雯翻了白眼。

「妳想要滋潤的話，晚上我可以帶妳去夜店快樂一下啊。」王宇城呵呵笑。

「樂你個頭啦，能睡就要趕快把握，我要回去睡。」田歆雯說完後，手指在鍵盤上快速飛舞。

莫云諳在一旁笑著。她倒也不是頭好壯壯，也曾經半夜急診過，只是隔天依然會裝著沒事去上班。莫云諳不想讓自己的身體狀況影響到公事。

「云諳把自己照顧得很好呢。」林子雋在一旁欣慰地說道。

「能把自己照顧好的女人，倒是很有吸引力喔。」王宇城說話聽起來總是令人想揍他兩拳。

自從剛進公司昏倒的那次之後，莫云諳就不曾因為身體不舒服而麻煩過林子雋，因為那只是讓他擔心，身體的病痛還是只能靠自己修復；況且如果林子雋來照顧她，還得顧慮他是否無聊、是否疲累，反而沒辦法好好休息。

所以莫云諳總是選擇自己就醫、自己回家，事過境遷後偶然提起自己的身體狀況，林子雋就會有些生氣，質問為什麼不說，可她說出了自己的想法後，林子雋也無法接受。

就這樣幾次溝通未果，兩人無法達到共識，從此莫云諳不舒服就更不會說了。

「大忙人，妳今晚有空嗎？」藍尚恩的訊息突然跳了出來。

「怎麼了嗎？」這一次，莫云諳能夠即時回覆了。

「難得妳這麼快回覆呢。」

「因為案子剛好告一段落，正巧在電腦前又有空的狀態。怎麼了？」

「想說很久不見，要不要約一下聊聊近況？」

「好怪，你該不會想跟我推銷房子吧？」莫云諳打趣地回。

「這個月業績已經到了，所以不怕。」

「這麼囂張，那就讓你請客嘍？」

「那有什麼問題，約我們第一次臺北相遇的那間居酒屋如何？」

「是在長安東路那邊嗎？」

「嗯，記憶力真好。」

「那當然。」

「晚上見。」他貼了笑臉圖。

和藍尚恩約好時間後，莫云諳轉頭看了一眼猛打噴嚏的林子雋，傳了訊息給他。

「你要不要再去看一次醫生？」

「晚上會再去一次。」

「要我陪你一起嗎？」

「不用了，我自己休息就好。」

莫云諳咬唇。「那，我晚上要和大學同學吃飯，可以嗎？」

「嗯，好。」

如此簡單的應對，在什麼時候，已經成為他們之間的溝通模式呢？以往都會多問幾句，是男是女？有幾個人？吃了些什麼？但現在變成只要報備就好。

莫云諳安慰自己，此刻的模式，是對他們兩個來講最舒服的模式，表示全然的信任。

晚上，她來到約定好的居酒屋，藍尚恩已經在裡頭，還是那副高傲的模樣。

「你業績到了的話，該不會升官了吧？」莫云諳笑問。

「還差得遠呢。」他故意拉了拉西裝外套，莫云諳注意到他通紅的臉頰。

「在室內你也會冷到臉發紅呀？」

「這個冬天實在太冷了，來多久我都無法習慣臺北的氣溫。」他抱怨。

「暖氣很重要呀。」

藍尚恩揉揉鼻子。「等等喝個酒就會熱起來了。」

兩人有一搭沒一搭地聊天，喝了幾杯酒，直到藍尚恩臉頰上的紅暈已經不再是冷空氣引起的時候，他忽然說：「妳的酒量好像變得更好了。」

「嗯，我也不知道，不知不覺間吧。」莫云諳聳聳肩。「你不也是嗎？好像比較會喝一點了。」

「我要應酬啊，所以有練，但妳不用吧？女生酒量變好有點奇怪喔，該不會是酗酒？」他開玩笑，莫云諳作勢要打他，他笑著閃躲，接著問：「妳現在過得怎樣？還跟那個男友在一起嗎？」

「嗯，一樣，沒有變。」莫云諳說得有些心虛，但不想表現出來。

否則每一次她在藍尚恩面前彷彿都是一副談錯戀愛的模樣，有點丟臉，也有點讓她難受。

不過，或許藍尚恩有其他想法，可以給她一點意見。

只是說，跟藍尚恩討論好嗎？

他們曾經……

藍尚恩忽然拿起酒杯凝視著莫云諳。她摸上自己的臉。「怎麼了嗎？」

「乾杯呀。」藍尚恩用下巴指了下桌上的酒杯。

莫云諳拿起酒杯。「乾杯。」她一笑。

喝完這一杯，就告訴他吧。

順便聊聊以前的事情，他們重逢到現在，兩人有意無意，都避開那段曾經，閉口不談。

喝完一杯，莫云諳馬上又給自己倒滿一杯，再次一口氣乾掉。

「哇！怎麼了？」藍尚恩驚奇喊。「我沒有要拼酒喔！」

「藍尚恩。」莫云諳喝酒是為了壯膽。「我有話要說。」

「等等，我先說吧。」藍尚恩憨憨笑著，看起來煞是可愛。

「難道真的升官了？」莫云諳一笑。

藍尚恩搖頭，一手撐在下巴。「莫云諳，我交女朋友了。」

莫云諳挑眉，稍微捏緊了一下酒杯，隨即佯裝無事地拿起桌上的串燒。

大學時期，藍尚恩從來不曾主動提起自己的感情生活，即便後來他交了女友也不曾聊過，怎麼現在竟然會主動提起？

「我和房祈亞在一起。」

「啊？」莫云諳因為太驚訝，手中的串燒掉到盤中，瞪大眼睛看著眼前笑得開心的藍尚恩，他似乎很滿意莫云諳的反應。

「想不到吧？」

「真的想不到，真的假的啦？」

「真的啊。」瞧他驕傲的。

「在一起多久了？天啊，怎麼都沒跟我說，你要追她我怎麼不知道？」

「你怎麼就篤定是我追她了，也可能是她追我啊！」

「所以是她追你？」

「妳猜啊。」

莫云諳翻了白眼，還是不太敢相信。「真的假的啦？」

「妳到底是有多不信任我啊，真的啊！」

「因為你從來沒講過關於自己感情的事情。」

藍尚恩聳肩。「今非昔比。況且是因為妳的關係，才認識她的。」

「所以我是你們的媒婆嘍。」

「媒婆不是這樣用的吧？」藍尚恩將自己的酒杯推給莫云諳。「我不能再喝了，給妳吧。」

她一口氣灌下他給的啤酒後，瞇著眼睛看著藍尚恩。「想不到啊！居然會走到一起，我不敢相信。」

「為什麼不敢相信？」藍尚恩雙手環胸。

「我沒想過我認識的人，有一天居然也會和另一個我認識的人在一起。我以前的同事和我的大學同學吔！」這世界還真是什麼都可能發生。

「只是想跟妳講這件事情。」藍尚恩聳聳肩。「所以妳剛才要說什麼？」

已經不需要說了。

莫云諳心想。

「沒什麼。」

「那妳跟男友都沒事吧？」

「我們好得很。」

莫云諳以連自己都不相信的誇張語調說著他們有多相愛，藍尚恩的表情看起來雖然不信，卻也沒再多問。

莫云諳又點了最後一次啤酒，敬了藍尚恩。「恭喜你啦！」

「恭喜什麼鬼。」他笑著，好似滿溢幸福。

第五章

莫云諳將藍尚恩和房祈亞在一起的事情告訴韋涵，但她大小姐沒什麼興趣，畢竟當年她和藍尚恩不熟，也不認識房祈亞，於是話題很快就轉回林子雋身上。

「所以妳覺得他念念不忘前女友？」

「我不知道。」

韋涵嘖了一聲。「拜託，男人有沒有說謊，妳一定感覺得出來吧？」

「妳會不會把女人的直覺想得太準了啊？」莫云諳失笑，想起上次韋涵也說，有沒有被愛，自己感覺得出來。

「是真的呀。妳知道嗎？我不相信同枕的另一半有無外遇，妻子會感覺不出來。女人天生有一種直覺，不是那種無意義的亂懷疑，有時候就像觸電一樣，一瞬間感受到的事情往往就是答案。」韋涵喝了口水。「我要說的是，男人的心在不在妳身上，妳一定知道，只是承不承認罷了！」

「妳上次還說百分之八十都是女人自己疑神疑鬼的吔！」莫云諳糗她。

「哎呀，不一樣啦！什麼狀況都有可能！直覺有時候準有時候不準。」韋涵往椅背一癱，呶呶嘴說：「張元，妳還記得我上次說的吧？我以前也曾經覺得我和他彼此喜歡，結果到最後卻發現根本沒有。」

沒想到她會再次提到張元，韋涵從來不會重提過去搞曖昧的對象，看樣子這個張元她是真的忘不了。

「要不要我問問看藍尚恩，還有沒有在跟張元聯絡？」於是莫云諳好心提議。

韋涵卻像是看到怪物一樣猛搖頭。「喔，不用了，就讓他永遠在我記憶中保留那完美的形象吧，要是他現在變醜了，我的回憶就變得很可笑了。」

「是這樣子嗎？」

韋涵笑著。「嗯，不要破壞我的美好記憶。」

事到如今，大學時代都是很久以前的事情了。

莫云諳將那呼之欲出的回憶，再次掩埋到沙地之下。她和藍尚恩都已經走在不同的人生道路上了，再次重逢，卻沒提多少回憶，已經是答案了。

時間就這樣不停前行。她和林子雋在一起也滿三年了，而跟藍尚恩則漸行漸遠，只剩下非常偶爾的時候，會在Facebook看見房祈亞Po文打卡他們出遊的照片，但次數也是屈指可數。

莫云語對林子雋的懷疑並沒有消退，只是隨著日子久了，隱藏在時間的洪流之下，以為掩蓋住了就看不見。

她也曾在Facebook瘋狂找尋那驚鴻一瞥的女人圖像，從林子雋的好友名單中一個一個連結出去比對，最後卻都徒勞無功。

莫云語不禁懷疑，是不是自己太小心眼、太小題大做了，他們假如都已經沒有聯絡，她不斷地吃一個前女友的醋做什麼呢？

但某天，當她躺在床上翻來覆去的時候，一個畫面突然浮現在腦海中。

她第一次到公司面試時，被經理叫進會客室的林子雋看到她的表情很驚訝，還私下向韋涵打聽莫云語的過去。

接著畫面跳轉到某次跟蹤他到餐廳外頭，一個西裝男人撞到了莫云語，卻對她說：「怎麼還不進去？」接著尷尬地說認錯人了，便往林子雋那桌走去。

然後，藍尚恩說的：「每個人穿衣都有風格，談戀愛也會有風格，會不會妳跟他的前女友長得很像呢？」

這些無聊瑣碎的小事情，在某個失眠的夜晚，忽然間就被串連起來。

於是莫云諳爬下床，打開電腦，再次點開林子雋的 Facebook，一個一個從他的大學朋友裡的照片與好友、留言慢慢去連結。

該說皇天不負苦心人，還是凡走過必留下痕跡？就在天快亮的時候，莫云諳找到了林子雋某個大學同學的公開相簿，相簿標題寫著「回味那些年」，裡頭全是他們大學四年的玩樂照片。

就有那麼一張團體照中，莫云諳終於看見林子雋和一個女孩頭靠著頭，相互微笑的模樣。

不能說那女孩和莫云諳長得很相像，可是那一瞬間，她懂了韋涵所說的女人的直覺。

莫云諳的直覺告訴自己，就是這個女生了。

於是按照照片一旁的 Tag 連結，莫云諳點下了這女人的 Facebook，發現她發表過的每張照片、每個動態，都可以看見林子雋的留言或按讚。
莫云諳的手指不住顫抖、牙齒打顫，接著倒抽一口氣，立刻關掉螢幕、關掉電腦，幾乎是逃也似地逃回床上，將自己縮在被窩之中。
沒有的、沒事的，只是老同學按讚，只是懷念，只是祝福。
也許只是忘不了。
也許是從沒忘記過。

「妳最近到底怎麼了？」林子雋不高興地將車停在路邊，表情凝重。「我哪裡惹到妳了嗎？」
莫云諳悶不作聲，看著車窗外。自己難看的臭臉倒映在車窗上，也同時反射出林子雋失去耐性的臉龐線條。
「莫云諳，妳不說出來我哪會知道？」他說。
「沒什麼事情。」

「好，沒事的話，妳就不要那個臉。」他放下手煞車，再次踩了油門往前駛。

莫云諳擦掉滴落的眼淚。動作雖不明顯，但林子雋還是看見了。他嘆了一口氣，在她耳中聽來卻如此刺耳。

等紅綠燈的時候，林子雋的手機傳來震動。他拿出來瞄了一眼，又很快地放回口袋之中。

而那該死的直覺在這瞬間又再次襲來！

他從什麼時候開始，手機不再放在正副駕駛座間，而是選擇放在口袋？又從何時開始，他離開公司座位的時候，一定會先關掉電腦螢幕？並且登出LINE的帳號？

「明天見。」

莫云諳握緊雙拳，用盡全身力氣，忍著不要現在問。

車子抵達莫云諳租屋樓下，但她拉住林子雋的手。

「上來坐一下。」

「今天太晚了。」他心不在焉地說著，手機該死地再次傳來震動。

「上來，我有話跟你說。」莫云諳堅定地看著他，同時也故意看了看他放著手機的口袋。

林子雋沒有辦法，只好將車停在一旁，跟著莫云諳一起上樓。兩人一進門，莫云諳便立刻雙手捧住他的臉，親吻他。

林子雋一愣，並沒有拒絕，但也沒有配合。莫云諳則趁勢將手伸進去他的口袋，拿出尚在震動的手機，迅速地往後退後一大步。

「還我。」他朝莫云諳伸手要，但莫云諳低頭看向手機螢幕。

那一整排的訊息全都來自同一個女人，是莫云諳在 Facebook 上面看過的那個名字。她腦中浮現螢幕上的那張臉。

「你們……多久了？」莫云諳冷靜詢問。

林子雋靠向她並伸出手。「還我。」

「你……背叛我多久了？」明明告訴過自己，不要在男人面前哭泣，卻還是忍不住掉下眼淚。

握緊手中的手機，那震動、那藍光，灼燒著莫云諳。

他凝視莫云諳的雙眼。在他眼中，流露出了不捨和難受。

「我沒有劈腿。」他的聲音乾澀。

「說謊！」

他堅定不已。「我沒有說謊。」

「那為什麼……最近你改變了這麼多？」

「我、我不想……」他別過頭，伸吸一口氣後說：「我們冷靜一段時間吧！」

「是因為她嗎？」

「不是因為她，是因為我自己。」

莫云諳看著他，等待他的解釋。

「妳和她……真的太像、太像了，我只是走不出來，我只是……沒辦法把她當成過去……」

藍尚恩所說的，那最老套的故事，居然應驗了。

莫云諳的眼淚不斷滑落，林子雋靠了過來，用拇指拭去她臉上的眼淚。他的不捨和愧疚都是真的，心疼也是真的。

但是……他的雙眼中，看見的是「誰」？

他的擔憂，為的是「誰」？

從最一開始，他看見的人、心疼的人，到底又是誰？

不是她、不是她，而是與莫云語相像的，那個在回憶裡的她。

「林子雋！你怎麼可以這樣對我？你怎麼可以這樣子！」莫云諳狠狠地推開，讓他踉蹌地往後跌。

莫云諳聲嘶力竭地哭喊、抱怨，將怒氣全發洩出來。

「對不起、對不起……」林子雋不斷道歉，企圖想要拉住莫云諳的肩膀，但她用力甩開。

「不愛我，為什麼還要來招惹我？」

「我……我以為我能愛妳的。」他的這句話更將莫云諳推入萬丈深淵。

「你從一開始就把我當另一個人的替代品，要怎麼愛我？」

「云諳，我真的沒有想要傷害妳，我不想要……」林子雋的手機鈴聲適時響起，使得他們兩個都一愣。莫云諳看著螢幕顯示的名字，冷笑了一聲。

「接啊。」

林子雋輕輕地搖頭。他想接這通電話，但不是現在，不是在莫云諳面前。

莫云諳知道愛情不能勉強，也明白愛情終將消散，可是她不甘心啊！

「你接啊！接起來啊！」莫云諳咄咄逼人，按下了通話鍵。林子雋猶豫了一下才應聲。

「我現在不方便說電話。」他說完這句便掛斷，抬頭看向莫云諳。「她結婚了，我和她並沒有怎麼樣，我們只是……比較常聯絡。」

「那種話我都不信，你信嗎？」

「我們想必是不能再繼續走下去了，是吧？」他的聲音很輕很輕。

「走不下去了，我沒辦法。」

他垂下眼睛，轉身朝玄關走去。當他的手停在門把上時，轉過頭，若有所思地望向莫云諳。「云諳，其實我也感覺得到，妳沒那麼愛我。」

「你有資格講這種話嗎？」莫云諳不敢置信。

「我是沒有資格，可是妳自己仔細思考，妳真的愛我嗎？」他說完，離開玄關，關起門。

莫云諳氣得將桌上的玻璃杯往門上狠狠地砸過去，清脆一聲，破碎一地的不只是玻璃。

「啊……啊啊啊，嗚嗚……」她大聲哭著，將椅子上所有的靠墊丟到地上，揮手掃掉了桌面所有東西。

然而激動的情緒過去之後，一個人頹廢地坐在地板上，她不禁開始思考，愛到底是什麼？

難道自己真的沒愛過他？

韋涵說，一個人愛不愛妳，是感覺得出來的。

扣除掉林子雋為了這場背叛找的藉口，他是否真的感受不到她愛他？

而她捫心自問，她真的愛他嗎？

愛是什麼？

她能願意為他放棄什麼？能為他做什麼？能體諒他到什麼程度？

莫云諳想起好久以前的一首歌，小時候朗朗上口的，《愛的真諦》。

愛是恆久忍耐，又有恩慈；愛是不嫉妒；

愛是不自誇不張狂，不做害羞的事，

不求自己的益處，不輕易發怒，

不計算人家的惡，不喜歡不義只喜歡真理；

凡事包容，凡事相信，凡事盼望，

凡事忍耐，凡事要忍耐，愛是永不止息。

字裡行間，訴說愛的不同面向。小時候覺得愛很簡單，現在卻覺得愛很難。

莫云語擦乾眼淚，一遍又一遍。

沒關係的。

戀愛之中，誰不受傷？誰不心痛？誰不曾感到無能為力？

林子雋愛的人結婚了，他也心痛，他以為自己可以愛上相像的莫云語，最後卻傷害了彼此。

她知道林子雋是多好的人，他也曾全心全意對待她。

只是林子雋的心一開始就不在自己身上，把她當成了替代品。

只是令她心寒的是，難道在這過程中，林子雋沒有一絲一毫地愛上過她嗎？

莫云語刪掉了所有與他有關的照片，瘋狂地一筆一筆刪除曾與他互動的留言，下意識想把所有一切都刪除乾淨。

這不是誰的錯，愛情本來就沒有誰的錯。

果斷地放手，才是正確之道。

只是被拋棄的那個總是比較痛苦，讓人難以呼吸。

．．．

莫云諳不想因為愛情上的不順遂而放棄工作，實在太幼稚了。況且她很喜歡這份工作，也熱愛這份工作，那帶給她源源不絕的成就感，她不想輕易離開。

所以莫云諳打起精神，想用化妝遮掩哭泣之後浮腫的眼睛，卻發現一點用也沒有，最後乾脆選擇戴上口罩，假裝成生病了去公司比較好。

不過一早出門時，卻見到了隔壁的屋子有人正在搬家。她見到了鄰居女孩，看起來十分年輕。

「妳好！」那女孩對她打招呼。

但莫云諳因為狀態不佳，所以只是簡單地頷首便匆匆離去。

一到公司，林子雋也像是什麼事都沒發生過一樣坐著辦公，當莫云諳經過他面前，他還說了聲：「早。」

莫云諳頷首，朝自己的座位走去。

或許，這就是成為大人以後的戀愛與分手。

「早安，妳感冒了嗎？」田歆雯沒有發現他們兩人的不對勁，開始說起公事。「話說這一次的化妝品公司很龜毛，他們希望我們可以提供五個方案……」

而莫云諳佯裝喉嚨痛，一整天在公司中都盡量不發出聲音。林子雋雖然也有些安靜，但在公事上還是侃侃而談。

直到中午，他們兩個沒有一起吃飯，大家才略微發現不對勁。田歆雯看似想問，卻被王宇城阻止。

就這樣，空氣瀰漫著尷尬氣氛，沒人提起，沒人探聽。

莫云諳和林子雋背對著背，走各自的路。

直到一段時間過後，大家就又是好同事、好夥伴。

「欸，幫我的遊戲按一下好嗎？我沒命了。」晚上十點多，藍尚恩的訊息跳了出來。

「嗯。」

莫云諳拿出手機，按下他的邀請，送了他一條命。

「謝啦！」

「不會。」

「欸？妳怎樣了？這麼乾脆，很不像妳吔。」

「幫你按遊戲也不行嗎？」

「沒有不行啊，只是妳沒有多唸幾句，感覺很怪。」

她先是打了「沒事」兩字，卻在發送前停頓，最後按下消除，清掉這兩個根本很有事的文字。

然後改寫：「失戀。」

「失戀？？？」藍尚恩打了三個問號，發了一連串的驚嘆號。

「算是失戀嗎？我談過戀愛嗎？」莫云諳自嘲。

「怎麼了？」

「也沒什麼。」

接著，藍尚恩的電話就來了。

「你怎麼打來了？」

「因為妳看起來就很有事情呀，而且用講的也比較快。」

「你沒跟祈亞在一起嗎？」

「沒有。」藍尚恩簡短回應。「所以發生什麼事情了？」

莫云語猶豫著。「和你說好嗎？」

「都什麼時候了，還有什麼好不好的嗎？」藍尚恩失笑。「真沒想到妳會在意這種事情。」

「我像是神經大條的人嗎？」

「很像啊。」

「這大概就是為什麼會這麼晚發現吧……」

「所以說，到底發生什麼事情呢？」

這一次，莫云語將事情一股腦兒地全告訴藍尚恩，就連韋涵都不知道這麼詳細，包含她的痛苦，還有，好像沒有那麼喜歡林子雋的事實，通通告訴他。

「也許最後，他說的那句我沒那麼愛他，的確說到我的痛處了。我明明覺得自己在談戀愛，卻從來不覺得自己在愛人。」

她說出這句話，但電話那頭的藍尚恩卻安靜了很久。

「藍尚恩？」莫云諳開口。

「唉。」但藍尚恩在電話那頭嘆氣。「為什麼這件事情在剛發生的時候，沒有跟我說呢？」

「我原本要說的。」莫云諳咬唇。「但你那時候剛和祈亞交往，我想這種觸楣頭的事情還是別——」

「不是吧！」藍尚恩打斷了她的話。「妳在更早以前就知道了吧？為什麼那時候不說？」

「這……我什麼證據都沒有，都是猜想，要說什麼呢？」

藍尚恩似乎又嘆氣。「如果能早點告訴我……」

「怎麼了？」

「沒事。」藍尚恩再次吐一口氣。「這件事情不是妳的錯，你們一定也曾經在某個時間點是心意相通的。」

「或許吧。」這次換莫云諳嘆氣。「我好像每次戀愛，都很不順利。」

「本來戀愛這種事情就沒有標準答案，難道結婚了就是所謂的順利嗎？」

「不過結婚應該是每個人的夢想吧？」

「我就還好。」藍尚恩不可一世。「墳墓沒聽過？」

「人終歸要走向墳墓的呀。」

「莫云諳，別鑽牛角尖，去泡個澡放鬆一下，出來後跟我說一聲。」

「為何？」

「我怕妳割腕自殺啊。」藍尚恩的話聽起來像是玩笑，卻又很認真。「永遠不要為另一個人放棄自己原本擁有的東西，同樣地，不要為了另一個人傷害自己，不值得。」

「藍尚恩，你從以前就是這樣，好像所有事情都掌控在手中，所有事情你都不在乎一樣。」

「這樣講好過分，我有這樣子嗎？」

「你是，而我羨慕你。」

「這樣對我來說就太不公平了，我也受傷過啊。」

「是嗎？」莫云諳說出口後便有些後悔，怕觸動到了地雷。

「是啊。」但藍尚恩沒打算再繼續這話題。「如果愛人太難，被愛也太難，那就先愛自己吧！」

「你不愛房祈亞嗎？」

「說愛真是太沉重啦。」他又用這種一貫的模稜兩可態度。

不過莫云諳聽他的話，真的去泡澡了。當她弄好一切出來後，也依約傳了訊息給他，不過藍尚恩未讀也未回應。

果然男人就只是嘴巴上說擔心，實際上也不會真的關心。

但多虧了他，莫云諳的心情的確好上不少。

她拿出林子雋之前送的紅酒，想來大概是那個女人喜歡紅酒，但此刻，她已經不再恨了。她拿出不相襯的馬克杯，將紅酒倒入杯中。

倚靠在窗邊，看著下頭車陣川流不息的馬路，口中的苦澀紅酒竟也在不知不覺間轉換成甘甜。

———

「歆雯，妳可以幫我看一下這個金額是不是該調整？」

「哪裡？」田歆雯靠過來，快速瞄了一眼後說：「對，如果廠商想要使用這種高規格的效果，那提案至少要比現在多五萬以上。」

「但是他說這是最低價格。」莫云諳皺起眉頭，摸了下自己剪短頭髮後露出的後頸。

雖說女人一失戀就會把頭髮剪短這種話並不絕對，但頭髮剪短了後，的確是能轉換心情。畢竟換了個新造型，會有種一切重新開始的感覺。

然而剪了短髮之後，似乎就習慣了短髮，工作和洗頭都更方便，還真的省了不少時間。

「拜託，永遠都有最低價格，不過我們可以運用話術來將價格拉回水平。」田歆雯眨眨眼，滾動椅子的滑輪回到自己的位置，將手上的報告高舉起來。「王宇城，你帶的新人咧？」

「去廁所啦，人家才剛來還沒一個禮拜，別嚇到對方，等一下跑了怎麼辦？我缺人手啊！」王宇城從組長的位子抬起頭來。「而且我現在身分不同了，請叫我一聲老大好嗎？」

「你以前有在叫林子雋老大嗎？還不是狗腿的時候才叫？」田歆雯毫不客氣。

「今非昔比啊，ＯＫ？」王宇城大喊。

同事們哈哈笑著，這時新人回到位子上，田歆雯立刻又滑動滾輪將椅子移到對方身邊，馬上將一疊報告放在新人桌上。

「靠，田歆雯，說了不要嚇新人。」王宇城雖是這麼喊，也忙得無法抽身。

莫云諳一邊笑著，一邊聯絡廠商和攝影棚。遙想當初自己也還是個新人，而今已經來到二十七歲，都已經成為別人眼中的資深員工了。

「我下午外出，去攝影棚一趟。」莫云諳揹起夾鏈包，拿起合約。

「沒想到現在連妳都可以獨力完成作業了。話說，何時決定拍攝要記得寫到白板上喔。」王宇城比了下前方寫滿工作日誌行程的白板。

「知道啦，我又不是新人，走嘍。」莫云諳揮揮手，看著新人頭昏眼花地聽著田歆雯交代事情的模樣，泛起一絲絲感同身受的微笑。

誰都有過新人時代，就像新生在面對學姊時一樣，總是惴惴不安，接著一眨眼，自己也成了學姊，看著那些新生想念當時的自己。

莫云諳站在馬路口等待預約的計程車。以前覺得計程車是奢侈的代步工具，應該沒什麼人在搭，但出社會之後才發現，上班時間根本很難招到計程車。不過公司與車隊合作，每個月在一定的額度之下叫車可以打折。
當莫云諳坐上計程車後，收到了藍尚恩的訊息。
「欸，妳看這個。」他貼了一串網址，裡頭內容是單身的十大好處。
「先生，我很健康也很快樂，所以請不要三不五時再貼一堆勵志文過來了。」
他貼了個欠揍的愛心貼圖。「我是關心妳。」
「關心？謝謝齁，我永遠記得以前你也說關心我，叫我去洗澡出來後記得報備，結果自己卻消失了？超棒的關心！」莫云諳一口氣回應。
他傳來有聲的大笑貼圖，計程車之中迴盪著欠揍的笑聲。「記仇欸。」
「總之，親愛的朋友，不用擔心我好嗎？我跟那種會為情自殺、沒了男友就沒了全世界、一蹶不振的女人們不一樣。」她順手傳了聳肩的貼圖。
「哈哈哈。」藍尚恩回覆。「現在是無敵鐵金剛就是了？」
「百毒不侵。」
藍尚恩回了一個讚的貼圖，便說要去接待客戶。莫云諳微笑關掉螢幕後，看著車窗外的車水馬龍。
大學時代，和張澤獻分手之後，莫云諳多出了很多很多時間，才明白自己為了男友錯過了些什麼。她從此告訴自己，不要再為了男友而推開自己的交友圈。

所以現在即便失去了林子雋，莫云諳的生活並沒有多大的變化，一樣上班、下班，和朋友吃飯，有自己的娛樂生活。

但說不感傷、不難過嗎？

當然有，只是這種情緒意外地沒跟著太久。

說不上來是看得比較開，還是因為真的變得更堅強。

後來，她和林子雋又當了一陣子的同事後，不知道是他的請求還是正巧人事調動，林子雋轉去了業務單位。

所以兩人雖然仍在同一間公司，但見到面的機會少之又少。

漸漸地莫云諳發現，很多事情，一個人也能做到。也許變得稍稍冷血一些、稍稍不在乎一些，都是保護自己的一種方式。

韋涵一邊嘆氣，一邊將肉挾到鐵網上烤。

「小姐喔，肉都要被妳嘆氣到難吃了。」莫云諳忍不住抱怨。

「欸，云諳，我問妳喔，」韋涵漫不經心地翻轉著烤網上的肉片。「我是不是很沒有魅力啊？」

「啊？」

她放下烤肉夾。「魅力啊，我有女人的魅力嗎？」

莫云諳看著韋涵紅潤的雙頰、吹彈可破的肌膚，還有那嬌嫩欲滴的嘴唇、玲瓏有致的身材，接著大大嘆氣說：「吃肉吧，臭女人。」

「我很認真吔。」她嘟起嘴。

「我也很認真啊，妳超迷人好嗎？」莫云諳瞇起眼睛狐疑地問：「怪怪的，妳從來不會懷疑自己的女人魅力，為什麼現在忽然這麼問？」

「我以前也一直覺得自己不差呀，可是仔細想想，我單身很久了吔。」

「雖然是單身啦，但這中間曖昧的也不少不是嗎？是妳自己每到最後一步就退縮的。」莫云諳吐槽。

「我是說真心交往的那種！曖昧的都是男生比較喜歡我，那種的不算啦！」韋涵自己說得很有理。「反倒是我曾經真的很喜歡的人，最後都沒有機會發展成想要的關係。」

莫云諳將烤網上的肉挾到韋涵碗中，不解地問道：「妳怎麼了啊？」

韋涵默默挾起肉片，咀嚼了幾口後。「我最近很常夢見大學時代，夢見我和張元走在一起，然後呢，每次在夢中，我都在期待對方先跟我告白。」

莫云諳原本還想吐槽她到現在還在想張元啊，卻發現她眉宇間難得露出的憂愁，便將到嘴邊的話又吞了回去。

「不過，有一次我醒來，忽然覺得很難過。不知道要怎麼形容，就是那種，啊啊——那些真的都過去了，真的真的都是青春歲月的回憶了，我已經無法改變了。」韋涵兩手一攤，顯得非常沮喪。「要是那時候我試著告白，就算被拒絕，至少也不會像現在這麼遺憾吧？」

莫云諳停頓了半天，最後還是只說了：「可能吧。」

「算了，不講這些事情，妳最近有沒有新桃花啊？」她將話題轉回莫云諳身上，恢復以往神采奕奕的模樣。

「沒什麼吔，現在工作就是我的愛人。」

「喔不，這是什麼女強人的話啊！」韋涵兩手放在臉頰邊吶喊。

「是誰當初說女人當自強？」莫云諳嘖了一聲。

「哈哈哈，我現在還是覺得女人要當自強啊！就算結婚有孩子，也要有自己的生活圈和經濟能力，還有工作！」韋涵喝下一大口啤酒，說話的音調也提高了幾分。「可是我才不會說出：『工作就是我的愛人』這種話呢，工作給我的是成就感，不是被愛的感覺！」

「都一樣啦！」莫云諳也喝了一口啤酒。「所以妳現在到底是遇到什麼事情，才會忽然這樣懷念過去？」

通常人會開始懷念過去，就是現在的生活不太順遂。

「最近我們公司來了一個新人。」韋涵默默說起。「他研究所剛畢業，比我小了兩歲，可是我就是覺得他……」

「嗯？妳喜歡他喔？」

「要說是喜歡嗎？就是滿有好感的，我也說不上來。」韋涵憨憨地笑，看樣子是喜歡了。

「所以，那個夢境應該就是潛意識在提醒妳，不要重蹈當初錯過張元的覆轍，加油喔！」

「加油什麼啊，我又不知道他對我的感覺，況且我還大他兩歲呢。」講到這裡，韋涵又情緒低落了。

「妳就先用前輩之姿指導他啊，之後趁著加班提升感情之類的，妳以前可是公關吔，這種事對妳來說不難吧！」

「我現在也還是公關啊，操死人的公關；妳也是公關，不過負責的項目和我不太一樣。總之，再說吧，乾杯啦！」

韋涵高舉啤酒，兩個快要三十歲的女人，乾杯。

在這女人當自強的時代，男人什麼的，暫時先退到後面吧！

「莫云諳，我剛好在妳公司附近欸，要不要一起吃飯？」

在莫云諳生日前的某個冬夜，藍尚恩的訊息再度捎來。

「好啊，吃好一點，我剛結束一個超大案子，累死老娘。」莫云諳快速回應。

「居然用老娘兩個字，是出了社會還是因為年紀的關係，讓妳連用詞都失去了少女氣息？」藍尚恩誇張地貼了兩個震驚圖案。

「別鬧了，我們都快要三十了。」

「才二十七好嗎？好，的確快要二十八了。」

「所以約哪裡？我先訂位。」

「我去妳公司接妳就好。」藍尚恩說。

莫云諳自然回了「好」，最後才歪頭想著他在訊息中寫下的「接妳」兩個字。

下班時間，藍尚恩準時出現在樓下，高挑帥氣的他站在一輛小轎車前。

「男朋友？」田歆雯還有空開玩笑。莫云諳白了她一眼，跟她說了明天見，便跑往藍尚恩身邊。

「天啊，藍尚恩，你買車了？」

「是的，所以快上車吧，下班時間車很多啊。」藍尚恩笑著，幫她開了車門。

雖然兩人時常聊天，卻很久沒有見面。距離上次見面，已經是他說和房祈亞在一起的時候了，當時莫云諳還和林子雋交往。

坐上了副駕駛座，繫上安全帶之後，莫云諳側過頭看他。「哇，藍尚恩，你是不是發達了？怎麼買車？」

「就剛好有一些錢。」他聳肩。

又來了，又是這種說話方式，老是模稜兩可、語帶保留，要藍尚恩把話說清楚是很難的事情。

車子行駛在下班時段的臺北道路上，車多擁擠、走走停停的，廣播傳來女主持人優雅的聲音，播放著各國的流行音樂。藍尚恩好幾次在遇到紅燈停下來時發出輕聲嘆息，最後，莫云諳忍不住笑了出來。

「怎麼了？」他問。

「我只是覺得很不可思議，大學的時候坐你的機車，現在卻坐了你開的車，時間過得好快啊。」莫云諳身體些些往前傾，從擋風玻璃往上看。「喏，現在甚至連星空都看不見。」

「光害最大的首都怎麼可能看見星星。」藍尚恩聳肩。「而且妳想想，大學到現在幾年了啊，我們是二十一還二十二左右認識，至少也六年了吧？」

「很可怕啊，六年就可以改變這麼多了。」莫云諳說起無名小站的隕落，和Facebook的崛起，順便問他曾經想過ＭＳＮ有一天會消失嗎？

「這樣去細數變化的話，就會覺得真的很可怕呢。」藍尚恩同意。

「你也變滿多的吔，外表沒什麼變，但感覺就是不太一樣。」她盯著他的側臉，藍尚恩倒是沒多大的反應。

「變胖了吧。」

莫云諳瞄了一眼他的肚子。「男人的年紀越大，身材就會越走樣，你算是不錯了啦！」

藍尚恩樂得接受她的讚美。

塞車了半個小時後，總算來到市民大道的燒肉店，他們將車停在高架橋下的停車場，莫云諳不禁說起前兩個月才和韋涵一起吃過燒肉。

「韋涵就是以前的那個公關吧，妳們還有在聯絡喔？」藍尚恩將白色襯衫的釦子解開，捲起至手腕。

「有啊，我們是很好的朋友。」

「嗯，我倒是很少和大學同學聯絡了，當然還是有聯絡方式，但平常沒事根本也不會聯絡。」藍尚恩看了一下菜單。「妳要喝啤酒嗎？」

「喝啊，但你不行喔，你要開車。」

「我知道啦。」他笑。

點完餐，兩人聊起工作、近況，得知他和房祈亞依然在一起，莫云諳的內心有些百感交集，覺得眼前的藍尚恩已經不是大學那時的他了，變得遙遠而陌生。

「你和房祈亞交往得也還滿穩定的。」

「還好。」藍尚恩轉移話題。「我想起以前有個小八卦，這妳不要說喔。」

「什麼八卦？」

「關於韋涵的，不要說喔。」藍尚恩又重複一次。

「是韋涵的話，我要看狀況吔。」莫云諳老實回答。

「好吧，應該也沒關係，反正那麼久以前的事情了。」藍尚恩放棄得很快。

「欸欸，你也堅持一下。」

「妳還記得張元和陳友倫吧？」

「當然記得，以前都會一起出去啊。」況且韋涵提起張元好幾次。

「他們兩個，其實以前喜歡韋涵喔。」藍尚恩流露出講人八卦的偷笑模樣，跟大學時代依然相像。

但莫云諳聽了卻瞪大眼睛，不可思議地看著他。「真的假的?!」

「真的啊，不然妳以為大家真的很想抽學伴嗎？那時候都快要升大四了，還不是因為張元打聽到韋涵當公關，所以才先去跟以前有交集的妳搭話，再順理成章要到韋涵的聯絡方式。」

「你是說……那時候他就喜歡韋涵了？」

「不過這件事情只有我知道，後來大家開始出去玩之後，張元原本好幾次都想要告白。」

「那為什麼不？」莫云諳幾乎要大喊，韋涵也喜歡他啊！

「因為啊，陳友倫先開口了。」藍尚恩不懷好意地笑。「他不知道張元喜歡韋涵，只是有一次喝了酒先說他想追韋涵，結果張元就默默開始疏遠了。」

「嗄？就因為這樣？」

「可能對女生來說，跟朋友喜歡上同一個人沒關係，公平競爭就好，可是男生卻會因為這樣而退縮。」藍尚恩想了一下。「好吧，可能是表面上退縮，不過張元人很正直，他是真的縮得一乾二淨。」

「所以張元喜歡過韋涵？」莫云諳又再問一次。

「前後喜歡至少有半年吧。怎樣，是個八卦吧？」藍尚恩將肉挾到莫云諳的碗中。「不過張元現在也結婚了。」

「結婚了？」莫云諳再次驚訝。「奉子成婚？」

「哇，一猜就中。」藍尚恩只差沒有為她的料事如神而鼓掌。

「現在這個年代，會在我們這個年紀結婚，不是懷孕了是什麼？」莫云諳一邊翻白眼一邊搖頭。

「看來妳不苟同這樣？」

「我覺得任何事情還是要循序漸進的好，戀愛、結婚、蜜月期、生孩子，總是要做好準備再生孩子吧！」

「可是有時候時候到了，孩子要來也擋不住啊。」

「擋不住你個頭，根本就是男人自己不做好避孕措施的問題！」莫云諳將烤肉丟到藍尚恩的碗中，但這句話卻因為情緒激動而說得太大聲，導致周遭座位的客人看了過來。

莫云諳趕緊低下頭，默默吃著自己碗中的東西。

「哈哈哈！」藍尚恩笑個不停。「女人自己也沒堅持，也有問題啊，這種事情一個巴掌拍不響啦！」

「總之，如果今天是為了懷孕而結婚，我會覺得是『逼不得已』；如果是因為相愛結婚，經過生活的相處後，夫妻間覺得時候到了，才迎接孩子的到來，這樣的婚姻聽起來穩紮穩打多了。」

「妳說的我也同意啦，但生活中的變化往往不如計畫的啊！」藍尚恩聳聳肩。

「那如果這樣說，妳的計畫又是怎樣呢？」

「我喔，可能會想先穩固事業再說吧。」

「妳是男人嗎？穩固事業咧。」藍尚恩挑眉。

「你才性別歧視！什麼年代了，女生也要有自己的事業！」

「妳今天一直重複『年代』吔，所以現在是什麼年代？」藍尚恩欠揍地笑。

「你好煩喔！」莫云諳再次喝了口啤酒，將曾經對韋涵說過的那套理論重提一遍。「男人可以先成家後立業，可是女人成家之後，心就會偏向老公以及孩子，所以一定要先立業才能成家。如果以為嫁給一個男人就可以倚靠一輩子，安逸地待在家裡相夫教子，等到某天發現老公外遇了，而自己沒有謀生能力、青春不再，只能睜一隻眼閉一隻眼，一輩子痛苦。所以為了避免未來發生這樣的窘境，女人一定要有自己的經濟能力，才能隨時想走就走！」

在藍尚恩開口要說什麼以前，莫云諳烤肉夾一挾，瞇著眼睛對他說：「你忘了你曾經跟我說過，女人永遠不要為了男人放棄自己擁有的東西嗎？」

「我明明是說，不要為某個人放棄自己擁有的東西，我可沒說是男人和女人好嗎？」藍尚恩搖頭苦笑。

「都一樣啦。」莫云諳說著，將烤肉夾放下。「我啊，有聽你的話，很努力地愛自己。」

藍尚恩吃著剛烤好的雞翅，嘴邊滿是醬油，沒有形象地問：「所以莫云諳，妳之前說妳不覺得自己愛過人？」

她轉了下眼珠，好不容易想起曾說過這句話，點頭回應。「是啊。」

「為什麼會讓妳覺得沒有在愛人？」

「那你說，怎樣的感覺是在愛人？」莫云諳瞇眼看著他。「像你覺得你愛房祈亞嗎？」

「不是說了嗎？愛太沉重了啦！」藍尚恩擺擺手，莫云諳嘖了聲。藍尚恩就是不會講他的感情事。

「有一首歌，《愛的真諦》，你聽過嗎？」

「小時候常常唱啊，我記得國小音樂老師很愛讓我們唱。」藍尚恩又點來啤酒交給莫云諳。

「我沒那麼會喝。」

「出來就是要喝呀！」

莫云諳瞪他一眼，好像自己是酒鬼一樣。

他讀懂了莫云諳的意思，嘴角勾起一個微笑。「談事情就是要喝點酒，這不是常識嗎？」

「可能你們當業務比較需要，我們廣告業可是要正正經經地好好談呢。」

「不過妳在公關部，難道不需要和客戶應酬嗎？」

「非常偶爾啦！」莫云諳還是打開了新的啤酒。

「所以呢，《愛的真諦》怎樣？」

「歌詞啊，愛是恆久忍耐又有恩慈，愛是不嫉妒。」但才唸到這裡，莫云諳馬上就不同意了。「不嫉妒還是愛嗎？還是真正的愛就是不會嫉妒？」

藍尚恩聳聳肩。

「那你會嫉妒房祈亞的異性關係嗎？」

藍尚恩搖頭。

「所以你沒那麼愛她嘛！」莫云語故意說，但藍尚恩依舊是那死樣子，不承認但也不會反駁，就是欠揍地笑著，然後聳聳肩。於是莫云語接著繼續說：「愛要凡事包容，凡事相信；凡事盼望，凡事忍耐。可是回頭想想，我們真的能對交往的對象做到這樣？還是有人這樣為我們做過？」

「很難吧。」藍尚恩挾起泡菜放到生菜上，並且包了一塊肉遞給莫云語。

「這樣的愛，根本就是家人，是家人才會做得到的吧！」莫云語要接過生菜，藍尚恩卻搖頭。

「怎麼？」

藍尚恩嘴巴些微打開，莫云語會意過來。「你要餵我？我不要！」

「哈哈哈哈哈！」藍尚恩大笑，把生菜包肉放到了她的盤子上。

「不要鬧了，藍尚恩。」莫云語有點鬆了口氣，但心臟卻跳個不停。她吐一口氣繼續說：「所以說，真正的愛情，真正的愛人，是不是要在結婚之後，從情人變成了家人，愛情成為親情，才是愛？成為了家人，才能真正的凡事包容相信，凡事盼望忍耐，然後讓愛永不止息，讓愛由孩子承續下去？」

原本正在包另一份生菜包肉的藍尚恩停住，抬起頭，看著她的表情瞬間有些猶豫，但很快地又恢復不可一世的模樣，笑著說：「莫云諳，妳滿會說話的，有沒有考慮轉行當業務？」

「我很認真在講呢，藍尚恩。」

「哈哈！」他又笑了。他的笑容總是好看，令人心安。

只是莫名地，此刻讓莫云諳感覺有點心揪。

「那你覺得呢？怎樣是愛？」她咳了一聲，想轉移自己奇怪的情緒。

「愛喔，我不知道，也不清楚。」藍尚恩聳肩，一貫地模稜兩可，但這一次，莫云諳卻認為他沒開玩笑。

「那你曾經，很喜歡很喜歡過某個人嗎？」

「有時候，這種問題很難回答。很喜歡某個人，到底是要說在一起相處過後很喜歡，還是剛在一起的時候很喜歡？或是從來沒在一起，只是一直好像滿喜歡的？」藍尚恩難得一次丟出這麼多問題。

「當然是在一起以後，很喜歡那樣啊。」

「一定是喜歡才會在一起，熱戀期一定也會很喜歡，可是經過了生活相處，一定也會發現很多地方不合適。」

莫云諳兩手一拍。「然後就分手。」

「大概吧！」藍尚恩學莫云諳的動作。

「可是如果是婚姻，就不能這麼瀟灑，只能去磨合。」莫云諳往椅背一癱。「畢竟婚姻的維持靠的不只是愛情而已，是等年老之後、頭髮花白，還在一旁陪著自己的那種生活啊！」

藍尚恩又學著莫云諳的動作，往椅背一癱，意味深長地看著她。

「怎麼了？」

「可是很多人外遇。」

莫云諳一愣，想說些什麼，但那些話都卡在喉嚨間。

「妳剛才問我，有沒有曾經很喜歡過某個人。」他的雙眼凝視著她。「妳想知道答案嗎？」

「嗯。」莫云諳口乾舌燥的，緊張了起來。

「有啊，我曾經很喜歡過某個人。」藍尚恩說完後大笑。「但那是很久以前的事情了。」

是什麼時候的事情呢？那你們有在一起嗎？

莫云諳有很多疑問，可是最後還是化為「哦……」的一聲。

見到她這樣的反應，藍尚恩再次笑了，只是和以往的笑容不同，似乎滿懷心事，卻又帶著無奈。

「莫云諳，妳真該早點告訴我和妳前男友的事情。」

「都過去了。」莫云諳說。

「但還是該講的。」藍尚恩拿起莫云諳的酒杯，然後喝下一口。

「你要開車。」

「喝一口而已。」他將酒杯推回到莫云諳的面前。「我們等酒退後再離開。」

莫云諳點頭。就這樣，兩個人陷入了短暫的沉默。

等到藍尚恩酒退了，又或是說是心情好些了，他才起身前往付帳。離開居酒屋時，冷風吹來，臉頰凍得疼痛，剛才的暖意都消散了。

莫云諳抬頭看著灰濛濛的天空，藍尚恩將錢包塞回大衣口袋，他的臉頰也因冷空氣而紅起來，瞬間變回了曾熟識的那個他。

「下次再一起吃飯吧，其實我滿常經過妳公司的。」在快抵達莫云諳租屋之前，藍尚恩如此提議。

「我們公司附近是豪宅建築，很多大老闆買屋賣屋吧？」

「是啊，賣給老闆一棟房，可以讓我打混半年。」藍尚恩笑著旋轉方向盤，來到她家樓下。

「那下次約。」

「下次見。」

回到家洗完澡後，莫云諳傳了LINE給藍尚恩，再次感謝他今日請客，而他回了個愛心貼圖。

這讓莫云諳一愣，藍尚恩不曾傳過如此的貼圖。

她猶豫了一下，最後回了一個大笑貼圖，很快地被已讀，但沒有下文。

但是見了藍尚恩傳來的訊息，莫云諳忽然想起另一件很重要的事情，也不管現在幾點，立刻打電話給韋涵。

韋涵！張元以前也喜歡過妳！妳的直覺並沒有錯啊，那時候，你們本來是有機會在一起的。

雖然現在張元已經結婚了，不過知道這件事情，應該會讓妳的青春比較不遺憾一些吧？

莫云諳腦中蘊釀好了這些臺詞，開心地等待著韋涵接起電話。

「喂喂！太巧了吧，妳正巧這時候打來！」韋涵接起的聲音高亢不已。

「妳在開心什麼呀？」莫云諳笑著問。

「我跟妳說，真的不敢相信，梁育程跟我告白了！我們在一起了，天呀！我實在不敢相信，他居然也喜歡我！小我兩歲的弟弟，我真是瘋了！」韋涵興奮地說著，莫云諳從一頭霧水中想起她曾說過公司來了新人。

「所以妳交男朋友了?!」

「對呀，看樣子我比妳先交嘍，加油呀，云諳！」她咯咯笑個不停。

「這有什麼好驕傲的……」莫云諳由衷為她感到開心，真的。

可是心中不知道為什麼，竟覺得有些些不暢快。

現在告訴她張元以前喜歡過她，好像已經沒有意義了。她的「現在」正為了另一個人而雀躍，「過去」已經不重要了。

原來有時候，錯過就是這麼容易，很簡單的一句話，驚鴻一瞥的什麼，原本有緣分的人都沒緣分了。

這一刻，莫云語才真正體會到韋涵之前說的話，大學時代已經是好久好久以前，曾經的曾經，已經太過遙遠。

總有一天，現在，也會變成塵封的過去。

第六章

「生病這種事情，為什麼要麻煩男朋友呢？」

莫云諳看見 Facebook 上一位大學同學的狀態，她抱怨自己生病的時候，男友卻不陪自己去看醫生。

她想起林子雋以前也曾抱怨過，為什麼自己生病了不告訴他，要選擇自己去醫院看病。

所以莫云諳將這件事情告訴藍尚恩。最近剛賣出一棟豪宅的他，現在處於可以在辦公室蹺腳耍大牌的狀態，回覆訊息的速度變快了。

「女生不是都愛這樣？還有送花也是啊，女生明明愛收到花，可是卻都硬是說不需要。」

「我倒是沒有收過花，但我覺得自己應該也不喜歡。」莫云諳正處於案子結束、下一檔案子還沒進來，正巧有個小空閒可以閒聊。

「女生都說自己不喜歡，但是收到花都笑得很開心好嗎？」

「你的意思是你送過嘍？」

「送過啊，每一個都很開心。」

所以房祈亞也很開心嘍？

算了，這個問題還是不要問比較好。

「女生就是有點口是心非吧，習慣就好。」莫云諳如此回覆。

「生病這件事情，不是都會希望男友過去照顧嗎？」

「我不會吔，前男友還抱怨過為什麼身體不舒服不跟他講。」

「妳不想讓他們照顧，是因為不想讓妳的脆弱被人看見？」

「應該說，會讓我不太自在吧。」

「真是奇怪呢。」

「是啊。」

「但我記得大學時，有次要出去妳卻不舒服，還是我帶妳去看醫生的。」

莫云諳一愣，確實有過這件事情，那時候她還跟張澤獻在一起，但卻是藍尚恩帶她去看醫生的。

「那時候妳也不自在嗎？」

「沒有。」莫云諳回覆。「當時太不舒服了。」

「所以妳並不是真的不喜歡，只是從來沒有人為妳這麼做吧。」

她的手指停在鍵盤上，不知道要怎麼回覆。

一直以來，莫云諳總是先拒絕，因為她認為自己不需要那些照顧。可是會不會，她是怕對方無法回應自己的期待，所以才先行否定了呢？

「我要去開會了，晚點聊吧。」

藍尚恩的回覆率先出現，莫云諳立刻回：「嗯，晚點聊。」

但她很快地停頓，看著那句「晚點聊」，隱隱覺得內心有股異樣的感覺。

她將滾輪往上滑動，發現自己幾乎每天都在和藍尚恩傳 LINE，一開始只有平日上班，接下來連平日下班也會，再來便是六日也在聊。

他們聊天的頻率太頻繁了，雖然聊天的內容也沒什麼，可是要說只是普通朋友，以這種聊天的頻率又太高。

就在莫云諳還沒找到一個理由的時候，已經到了開會時間，她立刻拿起資料，跟著田歆雯等人往會議室的方向走。

這一次的會議業務部也有參與，於是她也見到了林子雋，但由於跟他位置離得遠，並不會直接接觸。會議中途，雖然兩人曾對到一次眼，不過在莫云諳做出反應之前，他已經先別開了臉。

不知道他和那位前女友怎麼樣了，看著自己，還會想到前女友嗎？

這樣的念頭有時候會忽然閃過莫云諳的腦海中。

「這一次日系化妝品牌的廣告，就交給企劃部的莫云諳，大家應該也看過她的提案吧？」王宇城站在投影機前面，上頭正播放她的ＰＰＴ。

莫云諳站起來走到前面，簡單介紹了一下這次拍攝廣告的重點。「日系品牌講求清亮、透明感，最重要的是廣告本身要有清爽的感覺。我研究過這品牌在日本的所有廣告，才會強調一定要維持它原本的元素，但也要加入新的東西，屬於臺灣的獨有風格。」

每個人翻閱著手上的企劃，紛紛點頭表示贊同，最後在王宇城的總結之下，這次的提案順利通過。

「妳真的超強的，那個日系品牌是大公司，如果能順利簽下年約，可是一筆大生意呢！」走出會議室後，田歆雯欽佩地說著。

「能不能簽約就要看業務部那邊的本事了。」以前企劃部還會負責一小部分的簽約事宜，但現在已經劃分清楚。「我們只要提案提好，拍攝不要出差錯，就沒問題了。」

「是啊！」

之後，這個案子果然順利拿下，身為主要提案人的莫云諳自然也忙上不少，同時藍尚恩打混也結束，又開始開發客戶。雖然還是會每天聊天，但無法即時回應彼此，時常到了半夜的時候，兩個人才稍微有空回覆一下。

他到底有沒有在跟房祈亞約會啊？還是早就分手了，只是她卻不知道？不然和她聊天的機率也太頻繁了，這樣不是很奇怪嗎？

某日，莫云諳趁著中間休息空檔，點到房祈亞的Facebook，點入相簿後，看見前幾個禮拜還有他們出遊的打卡照片。

所以還在一起嘛！

不知為何，莫云諳的內心有些酸澀。

「云諳，這邊的場景是不是有問題啊！」場助喊著，於是莫云諳匆匆關掉手機，繼續忙碌自己的事業。

好不容易拍攝結束，也已經凌晨兩點，她打了大哈欠，工作人員之間彼此開玩笑說：「難得沒看見天亮，還早還早。」

大家決定一起去吃消夜，一群人來到永和豆漿，田歆雯點了超多食物，而莫云諳只叫了豆漿和燒餅油條，啊，還有韭菜盒。

畢竟花的是體力、腦力還有意志力啊，不多吃一點不行。

手機傳來震動，顯示是藍尚恩的訊息。

這讓莫云諳瞪大眼睛。都幾點了，怎麼會傳訊息來？

「不知道我是不是看錯，但是妳在永和豆漿嗎？」

莫云諳立刻東張西望，看見對街紅路燈那裡停著一輛車。是藍尚恩的車子。

「你怎麼這麼晚還在外面？」

「應酬。某主管調職，所以大家聚會。沒想到遇見妳。工作？」

「拍攝廣告。你沒喝酒吧？」

「沒有，妳要撤了嗎？可以順便送妳回家。」

莫云諳看了下周遭的狀況，大家吃得差不多了，趕緊再喝兩口豆漿，拿起包包對他們說：「我要先離開了喔。」

「辛苦了啊，記得明天要看毛片。」田歆雯擺擺手道別。

「好，你們也辛苦了。」莫云諳踩著矮跟鞋，心中莫名興奮雀躍。在這樣冷冽的夜晚，空氣如此清新，而她和藍尚恩卻巧遇了。

瞬間好像回到大學時代，抬頭看流星雨的那個夜晚。

「也太巧了吧！」她拉開副駕駛座的門，開口便這麼說。

「真的，臺北其實很小啊。」藍尚恩看起來雖然有點疲倦，不過狀態很好。

車子行駛在夜晚的馬路上，暢通無比，莫云諳望著車窗外。「不敢相信平常白天這裡可是水洩不通的呢。」

「每樣東西都有不同的面貌啊。」在下一個紅燈時，藍尚恩從擋風玻璃看了下夜空。「今晚勉強看得到星星，不過沒有我們當時看得多。」

莫云諳興奮地看著他。「我剛才也想到一樣的事情吔，好久沒看見那麼漂亮的星空了。」

「在臺北有點難，不過臺北有另一種美景。」藍尚恩神祕地說。

「什麼？」

「妳累嗎？還是可以轉去其他地方？」

莫云諳其實很累，想馬上回家卸妝、洗澡、睡覺，況且明天要看毛片，還要和廠商開會。

但是……

「還好，走吧。」

但是，她想再和他多待一會兒。

藍尚恩微笑，打了方向燈，在這個路口回轉，往另一條路開去。

一路開往山路，在幾乎無路燈、只能靠車頭燈來照明的山路上，莫云諳看著夜空，反射著來自地上的光害，導致夜空的白雲像是微微發光一樣。

藍尚恩將車停在某個平臺，接著拉上手煞車，將車頭燈關掉。「看吧，人為的星空。」

莫云諳往前方的擋風玻璃一看，是臺北閃耀的夜景。

這麼晚的時間，夜燈卻依舊亮得璀璨。

「哇，好漂亮。」

「妳沒來這裡看過夜景嗎？」他問。

「沒有，我可以下去看嗎？」

「可以啊。」

莫云諳打開車門，外頭的空氣讓她微微一縮，但她沒有上車拿外套，而是被眼前的閃爍夜景吸引，來到了欄杆前方。

「哈啾！」很快地，冷風吹過，讓莫云諳打了噴嚏。

身上突然有個溫暖的東西覆蓋了上來。

「穿著外套吧。」藍尚恩將自己的外套披在莫云諳身上。

她不禁笑了起來。這一幕和大學重疊了。

「你比我更怕冷，看看你的臉。」就算這裡沒有其他路燈，也可以看見他通紅的臉。

「就妳穿著吧。」他說，肩膀與莫云諳的肩膀靠得很近。

莫云諳的心跳再次加快，可是她告訴自己，是因為他很怕冷，所以才會靠得這麼近。

她沒有拒絕，也沒有抗拒，兩個人如此靜靜地緊挨著，看著眼前其實早已無心欣賞的夜景。

——
「話說，我們這樣吃飯，房祈亞知道嗎？」
在第N次一起吃晚餐的時候，莫云諳終於忍不住這樣問。
「嗯，知道吧。」他吃下一塊壽司。
莫云諳重複。「知道吧？」
「那很重要嗎？」
「當然重要啊！」
他露出不懷好意的笑容。「為什麼重要呢？」
「因為、因為……」因為這樣很奇怪。
這些日子來，他們從每天聊天階段，進展到一個禮拜會見面三到四次共同吃晚餐，這真的是太奇怪了。
莫云諳時常想，他們工作都忙，都需要加班，其實沒有約好吃飯，而是八、九點時，藍尚恩才會傳訊息過來問：「加班嗎？要不要吃飯？」
有時候，藍尚恩不會問，有時候，莫云諳並沒有加班，然而就這麼巧，頻率還是會維持在一個禮拜三到四次。

但說不定對他來說，這根本沒什麼，所以一直糾結這些的她會不會很奇怪？畢竟他們是大學同學，也曾經非常要好過，所以現在才會……不對，正是因為他們曾經很要好過，現在才……

莫云諳看著眼前的藍尚恩，他一面吃飯一面說著自己公司的事情，又說起最近開了高中同學會，偶爾會反問莫云諳的生活。

他們之間，充斥著一股她說不上來的怪異。

可是，會不會是因為莫云諳自己覺得怪，才會連帶覺得空氣中混雜了那一絲絲曖昧？

對藍尚恩來說呢？

雖然是很久以前的事情，但她和藍尚恩確實曾經……這些重逢的日子，他們閉口不談的那些過去。

上了車以後，莫云諳看向前面的道路，還糾結在房祈亞到底知不知道他們時常見面的事情。照理說房祈亞曾是舊同事，三個人若一起吃飯也很正常，可是從來沒有。藍尚恩從不主動提房祈亞的事情，就跟以前學生時代一樣，永遠不主動提自己的感情。

車內沉默了幾秒，藍尚恩開口。「我有跟她說和妳一起吃飯啦。」

莫云諳立刻轉頭看著他。「真的？」既鬆了口氣，同時又覺得有點遺憾。

「嗯。」他點頭，打了方向燈。

「她沒說什麼？」

「她要說什麼？我和妳是大學同學欸。」

「這樣說也是……」

這樣的關係，到底算什麼？

又是從哪個環節開始意識到怪怪的？

明明在此之前，吃飯或是聊天都不曾覺得奇怪，難道是頻率嗎？

是從平日聊天聊到連假日也在聊開始的？或是從他開始若有似無地靠近？還是從漸漸頻繁的見面開始？也許是從他會傳一些愛心貼圖開始？

一開始，莫云諳告訴自己，這些只是友情，畢竟他有女友。

可是，那些劈腿的男人交往的女人，又是在怎麼樣的情況下成為了別人感情世界的第三者？

她們一開始就知道對方有女友，還是也被矇在鼓裡？是否很多小三們是在莫名其妙的情況之下成為了小三，等到要回頭，已經來不及？

莫云諳看著旁邊正在開車的藍尚恩，在心底認真自問：我喜歡他嗎？和他認識這麼久了，到現在才喜歡上他嗎？是喜歡，還是過去那段關係擾亂了現在的心思？

她總是找不到問題的答案，可是她喜歡藍尚恩時常會提起大學時代的事情，講著某些已經沒有再聯絡、甚至是遺忘了的人的八卦，也提到很多大學附近的美食。彷彿瞬息萬變的世界中，還有些事情沒有改變。

「我們大學明明就離臺北不遠，沒想到這麼多年都沒再回去過。」

「畢竟那邊不是我主要的活動範圍。」

「也不是我的。」藍尚恩回答。

「我好懷念那邊阿姨的臭豆腐，你知道的吧？」

「妳說講話有點大陸腔的那個阿姨？」

「對，可是她不是中國人喔。」莫云諳記得，那間還是張澤獻帶她去的，一試成主顧，之後每個月她都一定會去吃一次，就算分手以後依然。

「還有蛋花麵線啊，那也很好吃。」

「我知道，發財車那個，還有一對夫妻開的小飲料店，超級好喝！」

「被妳一講我都餓了。」他貼了飢腸轆轆的貼圖。

「好懷念學生時代呀！」莫云諳不禁感嘆。

「那妳可以去讀夜間部，再當一次學生。」

莫云諳貼了翻桌的貼圖回敬。

「我今天中午會去妳公司附近，要不要一起吃飯？」藍尚恩突如其來的話，讓她心跳漏一拍。

「你真的很常來我們公司附近跑客戶吔。」莫云諳忐忑地回。

「我之前不就說過了啊！」

他們之間這樣，絕對怪怪的。

可是，什麼也不能反應。

說了，就表示真的有鬼。

於是莫云諳答應他的午餐邀約。這一次他沒有開車，而是騎機車。

「哇，好懷念！」莫云諳看著他的機車，居然還是大學那一臺。

「原本想久違地載妳，不過既然妳今天穿窄裙，我們就在附近吃一吃，怎麼樣？」藍尚恩拿下安全帽。

「那去吃鐵板燒好不好？最近新開一間，我都還沒機會去吃。」

「好啊。」他將車停到一旁的空位。莫云諳有種陌生又熟悉的感覺。

一樣的機車，一樣的他，但是機車已經舊了，藍尚恩看起來也比大學的青澀模樣成熟多了。

莫云諳輕笑，緬懷的過去已經不復存在。兩人來到新開張的鐵板燒，因為還不到十二點，位子還沒坐滿，兩人找了角落的位子坐下，點好餐才開始湧入人群。

「還好我們早一步。」莫云諳一邊慶幸一邊往門口看去，卻見著一個熟悉的身影。她嚇一大跳，眨了眨眼睛，以為眼花了。

出社會以後，她知道世界其實很小，只是怎樣都沒料到會在這裡見到張澤獻。

「妳這表情是看到鬼喔！」藍尚恩看到她的表情還開玩笑，回過頭卻見到自動門那裡站著一群上班族，正被服務生招呼到另一張大桌。

「靠！那個是張澤獻嗎？」藍尚恩也很快地認出對方。「世界真小，他在這附近上班？」

「不知道，我從來沒遇過。」莫云諳下意識遮住自己的臉。

「從他和同事西裝筆挺的打扮，比較像是來附近拜訪客戶。」藍尚恩巧妙地遮掩莫云諳的身影。

「沒有想到會這麼巧。」莫云諳不安地捏著手指，又往牆邊縮了些，企圖讓藍尚恩的身體全部遮住自己。

「妳幹麼這麼緊張？」

「就覺得碰到面很尷尬。」莫云諳看了藍尚恩一眼。

「然後又這麼巧和我在一起嗎？」藍尚恩倒是明白，臉上露出了一個難以解讀的微笑。

「也不是啦，但就……」莫云諳也不知道該說些什麼。

「妳越是心虛，就越是證實。」藍尚恩低語。

「你……不心虛嗎？」

「為什麼要？」藍尚恩又是那不可一世的微笑。

莫云諳沉默。他在誘導她提起那段過去嗎？

從藍尚恩的眼神看來，他是認真的，可是喧鬧的平日午間，在這充滿上班族的鐵板燒餐廳，並不是一個合適的地點。

「妳不用緊張。」先放過這個話題的是藍尚恩。他喝了一口飲料後說：「就算真的被他看見了也不會怎麼樣。都過去多久了？」

「很久，但是也沒有很久。」

莫云諳的話或許意有所指，不過藍尚恩已經決定暫時放過這個話題。

「反正呢，妳今天看起來很漂亮，我們也是正常地吃飯，就像妳會臨時遇到他一樣，跟我也可能是臨時遇到的。」

「你在講什麼。」莫云諳失笑。

「我是誇獎妳欸。」

「好，我就接受你的誇獎。不過真奇怪，你是會這樣稱讚女生的人嗎？」

藍尚恩反問：「我沒稱讚過妳嗎？」

「沒有。」

「妳確定？」

莫云諳瞇眼，見藍尚恩這麼篤定的模樣，難道他真的曾經稱讚過她嗎？

她回想，重逢後絕對沒有，那就是在大學的時候嘍？但一開始他們不合，所以也不可能；之後也沒聯絡，所以唯一有可能的時間……

忽然間一個畫面閃過莫云諳的腦中，她瞬間微愣，然後避開眼神。藍尚恩見狀笑了。「所以妳都記得。」

「我……」

「莫云諳？」

兩人瞬間嚇了一跳。什麼時候張澤獻居然站到他們旁邊了？為什麼會走過來這裡?!莫云諳看著他手上的飲料，啊……這邊是飲料區，難怪他會過來，天！

「嚇我一跳，沒想到會在這邊遇見妳。」張澤獻的態度卻十分大方，這讓莫云諳有些意外。

「喔，對啊，好巧。」她不自然地將頭髮順到耳後，卻不知道該怎麼接下一句話才好。

「妳在附近上班嗎？」張澤獻又問，還拿出名片要交換。

可是藍尚恩卻拿出自己的名片。「這是我的名片，請多指教了。」

「哦，原來真的是你。」張澤獻看著名片上的名字。「我還以為認錯了。」

「沒有認錯。」藍尚恩微笑。

張澤獻收起了名片，盯著藍尚恩瞧。「所以你們現在？」

「現在在吃飯。」藍尚恩回答。氣氛彷彿劍拔弩張，讓莫云諳急了。

「那、那個，你來拜訪客戶嗎？」

「對，附近，只會來這一次。」張澤獻的話原本讓莫云諳鬆了一口氣，不過他沒打算放過這話題，又接著問：「所以，你們現在是一對？」

「我……」莫云諳原本正要反駁，卻停頓了。

見到她沒說下去，藍尚恩露出了笑容。

那笑容令莫云諳覺得十分陌生，她不是沒見過藍尚恩笑起來的模樣，只是這種純粹開心的模樣，她似乎從沒見過。

不，她見過，跟藍尚恩稱讚她是同一晚。

她陷入了那個畫面。滿天的星空與藍尚恩的笑容，那是好久以前的過去，以為會成為痛苦又內疚的回憶，但此刻卻清晰地浮現。

「看起來像嗎？」藍尚恩的話將莫云諳的思緒拉回現在。

「一直以來都滿像的。」張澤獻聳肩。

莫云諳忽然發現他手上的婚戒。「你結婚了啊？」她下意識地問。

「是啊。」他摸著手上的戒指。「我現在有一個女兒，已經兩歲了。」
「哇，那你……」
「有了女兒，忽然覺得人生都是她的了，以前的事情什麼都不重要了。」張澤獻看向莫云諳。「一直以來想知道的答案，也不需要知道了。」
莫云諳心一驚，下意識地看向藍尚恩，但對方只是聳肩。
「啊，不要誤會，是真的已經不在意了。」
「你們房子是買的嗎？」結果藍尚恩忽然轉了話題。
「不，是租的，但最近有考慮買房。」張澤獻也順勢回應。
「如果有購屋的需求，都歡迎找我。」藍尚恩為這短暫的相遇做了結束話題的句點。
「那再見了。」張澤獻點頭，拿著飲料回到他的座位上，和同事們話家常。
莫云諳明白，此生大概都不會再見到張澤獻了。然而她曾經以為，這份愧疚會跟著自己好久好久。
可是今天她見到張澤獻以後，她發現原來時間真的可以讓某些事情成為過去。或許效果因人而異，但對張澤獻來說，真的已經成為了過去。

但是對她來說，她永遠都說了一個無法澄清的謊，那對藍尚恩來說呢？

吃完這複雜的一餐之後，藍尚恩問了莫云諳趕不趕著回公司，提議要不要再去茶店坐坐。

莫云諳答應了。在走去茶店的路上，她忍不住開口問：「藍尚恩，關於剛才的事情……」

「什麼？」

「沒什麼。」莫云諳又停下了自己的話。她懊惱著，到底是不是該放下成為過去，或是也要向張澤獻那樣說出來，才能讓事情真的成為過去？

她想成為過去嗎？是嗎？

「我前幾個月也在路上偶然遇見某任前女友。」沒想到藍尚恩忽然提起自己的事情。

「哪一任？」

「反正就前幾任，總之我先過去和她打招呼。」

「嗯？」

「結果她哭了。」

「哭了？為什麼啊？」

「我也不知道，總之她就哭了，然後轉身跑開，我愣在原地覺得莫名其妙。」藍尚恩語調輕鬆。

「當初是怎麼分手的？」

「好像是我說分手的吧。」藍尚恩聳肩。

「分手的理由是什麼？」

「哪有什麼，就是我不愛她了。」

「很正常的分手理由呢，那她為什麼要哭？」

「這就是我不知道的地方，我想，或許對她來說還不是過去吧。」

「你是說她還忘不了你？」莫云諳忍不住一笑。藍尚恩這麼有自信呀？

「不是說忘不了我啦，是說當初分手的痛，或許對她來說還不是可以侃侃而談的過去。」他停頓一下。「對張澤獻來說，或許是過去了，但那是因為他現在有了更重要的事、更重要的人要守護，所以那些都是過去了。」

「那對你來說呢？」

「對我來說當然是過去啊，所以才能找她打招呼。」

「我是說我們。」

這句話再次讓藍尚恩一愣，接著他露出驚奇的表情，並笑了出來。「莫云諳，妳進步好多。首先，我沒想到妳會主動提起過去的事情。」

莫云諳停下腳步。

「妳要和我聊了嗎？」藍尚恩歪頭。

這個瞬間，莫云諳又退縮了。

可是她不能再這樣了。她感覺得到自己逐漸生出的好感，可是現在和以前不同，藍尚恩有女朋友，還是她也認識的房祈亞。

所以不能再更進一步，因為她一定拒絕不了。

只要維持現狀就好，一起吃飯，一起聊天，這樣就好。

「藍尚恩，愛情不能貪心。」

「我沒有貪心。」藍尚恩定睛。「妳以前貪心了嗎？」

「你知道我沒有。所以才會造成傷害。」

「傷害誰呢？」

「張澤獻。」

藍尚恩嘆氣。他的表情難以解讀。「最後，妳想到的還是只有他。」

「你剛才為什麼不否認我們在交往這件事情？」

他笑著說：「我為什麼要否認？」

「為什麼不？」

「為什麼要？」

「藍尚恩，不要這樣子。」莫云諳咬著下唇。

「怎麼樣？」他定定地看著她。

那些話堆積在莫云諳的喉間無法說出口，最後，她只能搖頭。

「沒什麼。」

「我還以為妳勇敢點了，原來我又誤會了。」

「那你女朋友呢？」

還以為這樣的話能讓藍尚恩退縮，可他卻只是冷笑一聲。「這樣說就太不公平了，莫云諳。」

她當然知道他的意思是什麼，那不然要怎麼辦？

「或許我們就不該再次相遇。」

「來不及了，莫云諳。」藍尚恩扯出微笑。「都太遲了。」

「看來，我們還是別去喝茶了吧。」

「我想也是，時間差不多了，妳也該回去上班了。」藍尚恩轉身來到自己的機車邊。「我晚上再敲妳。」

「藍尚恩，我的意思是……」

「我不是說已經太遲了嗎？」他打斷了莫云諳的話。「晚點聊。」

不給她回答的機會，藍尚恩戴上安全帽、發動機車，離開了這裡。

而看著他離去的背影，莫云諳覺得心中名為道德的牆，正漸漸瓦解。

第七章

明明決定要和藍尚恩保持距離，可是收到他的訊息後，莫云諳又心軟了。

「要不要一起回以前的學校看看？」

這樣一則重返青春的訊息邀約，在各方面來說都對莫云諳充滿誘惑。

或許是浪漫情懷使然，讓莫云諳認為，她和藍尚恩的青春，也該終結在這趟回憶之後。

所以懷著最後的心情，閉口不談那天的事情，莫云諳答應了藍尚恩這趟旅程。

行駛在國道上，她興奮地看著車窗外。這些曾經是大學四年生活中最熟悉的景色，曾經屬於每次搭車的沿途風景，如今都只是懷念的回憶。

「妳看起來也太開心了吧！」藍尚恩切換車道，嘴角勾起微笑。

「當然啊，畢業到現在六年了，我已經這麼久沒有回學校，當然期待。」莫云諳坐正身體看著他。「你不期待嗎？」

「期待呀，怎麼會不期待。」他說，卻讓莫云諳再次心慌了下。這趟旅程的邀約，莫云諳很自然地沒詢問關於房祈亞的事情，例如「她會去嗎」、「她知道嗎」、「你是怎麼說的呢」等。

但是，那些都不重要了，因為藍尚恩一定找得到理由敷衍過去，也一定不會告訴她詳情。

況且過了今天後，莫云諳就決定告訴他了。

他們的重逢，雖然始於朋友，但在這段時間內，卻喚醒了過往的記憶，使得兩人之間曖昧的情愫滋長。

抵達大學校園，藍尚恩將車停在警衛室門口，並與對方寒暄。看樣子警衛還記得藍尚恩這個人，便打開柵門讓他們進去。

「天啊！天啊天啊！」看見校園內熟悉的景致，讓莫云諳興奮不已，激動的模樣讓藍尚恩笑到不行。

車停妥後，莫云諳踩在學校的草皮上，卻有一種強烈的違和感。

啊，她已經二十八歲了，已經距離大學時代好久了。

抬頭看了一下眼前這些建築物，明明朝夕相處過四年，卻覺得它們的容貌都變了。校園中種植了許多莫云諳不認得的花草樹木，當年的小樹現在也都長大了，學校宿舍前面甚至還裝飾了一些奇怪的氣球。

「感覺好奇怪呢。」莫云諳和藍尚恩漫步在草地上。

「怎樣奇怪？」

莫云諳看著前方，再看看周遭，接著側頭看著藍尚恩。「明明一切都沒變，卻又覺得一切都變了。以前我們走在這條路上的時候，你還是個毛頭小子，現在卻……啊，我只是感嘆青春。」

「是啊，青春已經不會回來。」藍尚恩說著不符合人設的臺詞。

莫云諳邊笑邊拿出水喝了口。藍尚恩朝她伸手，她雖猶豫了一下，但還是將自己的水交給他。藍尚恩很自然地口對口喝著。

這種間接接吻的小悸動，莫云諳以為只存在於學生時代，卻沒想到奔三的年紀，內心還會因此產生漣漪。

「所以妳會想回到大學嗎？」他將水還給莫云諳。

「嗯，我想念大學時代的自己，當時的煩惱都不是煩惱，當時的世界就是學校那麼大。不過我也喜歡現在的自己，只是有點感嘆，人生從某個階段移動到下一個階段，這個過程感覺很短，回頭一看，卻發現那麼漫長。」

他將自己的錢包拿給莫云諳。「放妳那邊，介意嗎？」

「好啊。」

「妳要去那裡看看嗎？」藍尚恩揚指比向了圖書館。

「好懷念呀。我大學有段很長的時間都耗在圖書館，反而出社會後不那麼常看書了。」

「工作忙碌吧。我也是啊，以前還看原文書，現在連CNN都聽不懂了。」

「你當時怎麼沒有想過要從事英文方面的工作，薪水應該不錯呀。」兩人登上圖書館的樓梯，但圖書館要在校生才能進去，所以只能轉戰到圖書館外的椅子。

「是不錯，但不會有我現在賺得多，所以人生的發展都是註定好的。」

「你會這樣想喔？」

「妳不會嗎？」

「人家不都說，希望自己的選擇永遠都是最好的選擇？可是有時候，你怎麼知道這就是最好的選擇呢？又不知道另一條路的結果是什麼，怎麼就會知道那條路不是最好的選擇？」莫云諳將外套脫掉，放在椅子邊。「說不定，如果當時你選英文方面的工作，現在可就帶團遊歐洲了，多棒呀！」

「那這樣就不可能和妳相遇了啊。」他說，讓莫云諳一愣。「所以說，這是不是很好的選擇？」

莫云諳乾笑了一下。「說不定我度蜜月的時候會剛好報名到你的團。」

「妳有對象了嗎？」他突然問了這麼一句。

「沒有。」

他兩手一攤。「所以啦，我現在做的就是最好的選擇。」

不與他爭論，莫云諳決定拍照留下紀念，潛意識卻知道，不能和藍尚恩一起合照，所以只是拍拍校園的風景或是自拍。

每當莫云諳拍照的時候，他也會技巧性地避開鏡頭，一種心照不宣的默契。

嗯，奇怪的默契。

他們都知道，這樣子很不尋常。

誰會這樣每天聊天？誰會這樣聊到睡前？這樣出遊？誰會時常一起用餐？

再好的異性好友，都不會。

校園巡禮完畢之後，兩人逛到學校周邊，將提及的美食全部再吃過一遍；很多東西的口味都如記憶中美味，但也有不少已消失不見，只存在於記憶之中。

「還有一個地方，想不想去？」晚上七點多，本該到了回程的時間，但藍尚恩卻這樣提議。

「你跟我想的是一樣的嗎？」莫云諳想起的，也是那個地點，或許更適合當作結束吧！

「應該是一樣的喔。」他笑著，將車轉向兩人只去過一次，卻留下鮮明記憶的那片山林。

這裡依舊沒有路燈，當年騎機車的兩人，如今變成坐在轎車裡，再次令人感嘆歲月的流逝。

藍尚恩將車子停在路邊。這裡依舊黑得伸手不見五指，他打開自己手機上的閃光燈，莫云諳也跟著打開。

他朝她伸出手。莫云諳猶豫了片刻。

「摔倒我可不管喔。」藍尚恩說。

最後，是最後了。

所以莫云諳搭上他的手。「你可別讓我跌倒了。」

「永遠不會。」他微笑，說著令人遐想的話。

兩人走在狹窄的雜草路上，從草地被踩出一條平路的狀況看來，這些年還是有很多學生會來這兒看夜景。

在莫云諳的記憶中，這條路寬敞又熱鬧，當時有好幾個學生，天空也是滿天星斗。而今再來到這裡，雖和記憶中有些不同，但也相差不遠，差別最大的，當然是此刻牽著她的手的藍尚恩。

終於，來到以前一同來過的大型涼亭前，意外地空無一人。

「學生要晚一點，那時候我們都是十點以後才有活動，記得吧？」藍尚恩依舊沒有放開莫云諳的手，就這樣小心翼翼地牽著，走向涼亭二樓處。

「這一次不躺草地了？」莫云諳想忽視彼此交握著的雙手，卻找不到抽離的時間，也不覺得有抽離的理由。

「躺草地是青春大學生在做的事情，我們這年紀已經不適合了。」藍尚恩笑著，走到涼亭上的椅子後，才把手鬆開來。

「雖然這樣就不能跟以前一樣仰望滿天星空，不過也不錯吧！」

被涼亭上的遮蔽物擋住了大半視野，莫云諳瞇起眼睛，看著藍尚恩。「這樣哪是看星星啊？」

「也是可以啊，妳看前面。」他比了前方的夜空，將手機上的閃光燈關閉。眼前，星空依舊如此璀璨。

「而且我查過天氣，昨天下過雨，草皮說不定還有些濕，會弄髒衣服。」

「沒想到你調查得如此詳細。」莫云諳走到涼亭邊的欄杆，看著眼前的星空。

「怎麼樣？這邊的星空和臺北的夜景比起來，妳比較喜歡哪個？」藍尚恩也走到她旁邊，手撐在欄杆上，眼神卻盯著她。

「呃……不一樣的感覺吧。」為了緩解此刻近距離帶來的尷尬，莫云諳的手指抓著自己的頭髮。

這時，藍尚恩的手卻伸了過來，碰了她的頭髮。

太近的距離，太親暱的接觸，這一切都很危險。

「藍尚恩，我有話要說。」

他輕笑。「妳記得這裡是哪裡嗎？」

「當然記得，我們大學時曾一起來過。」

「那在這裡發生的事情呢？」
「你現在要談了嗎？」
「那天沒說完的話，妳是想說什麼呢？」
「我要說，藍尚恩，我們之間……」
「早就來不及了，莫云諳。」藍尚恩卻忽然雙手圈住她，手掌靠在欄杆上，將莫云諳圈在自己的懷中。
「藍……」她的話沒有說完，便被他堵住了口。
然而，莫云諳選擇的並不是推開他，而是閉上眼睛。
藍尚恩的唇貼上她的，那觸感極柔軟，帶著熱氣。
此刻莫云諳的內心，想起的不是他的女友房祈亞，而是大學時候，他們兩個也曾經在這裡，親吻彼此。

大學／

那是在莫云諳從藍尚恩那裡得知，張澤獻與其他女生關係甚密的時候。

當時，她正處於和張澤獻冷戰的階段，但說是冷戰，也只是莫云諳單方面疏遠張澤獻。

於是，韋涵和張元安排的夜遊也正好在這時候，藍尚恩在出發前提醒莫云諳天氣冷，要多穿一點。

「我可不想多帶一件外套塞車箱。」

他這麼說，但明明是抽鑰匙的，怎麼藍尚恩就肯定自己一定會載到她呢？

「又不是聯誼，是跟學伴增進感情，妳當然是我載。」

莫云諳發現問了笨問題，忍不住笑了出來。

就這樣，莫云諳、韋涵以及系上的女生們一同到了停車場集合，由張元和韋涵為首的第一臺機車帶路，中間則是陳友倫，而她和藍尚恩殿後。

騎往山上的這一路上幾乎沒有路燈，十幾臺機車轟轟的引擎聲劃破了寂靜的夜，車頭燈代替了路燈，冷風颼颼，吹過臉頰，冰冷刺骨。

莫云諳不禁打了記噴嚏，藍尚恩慢下速度。

「妳會冷？」他的聲音從前方傳來，風吹散了他的尾音。

「有一點。」

「不是要妳多穿一點了嗎？」他吼。

「我穿很多了！」莫云諳喊回去。

接著他將機車靠邊停，要她下車。周遭漆黑一片，原本和他們同行的機車早已經騎遠了，只看得見零星的紅色車尾燈。

機車大燈照著前方漆黑的山路，周遭伴隨著蟲鳴聲。

藍尚恩打開置物箱蓋拿出一件羽絨外套，拉下口罩對她說：「給妳。」

「你不是說不想多帶一件外套？」莫云諳接過外套，狐疑地看向他的臉，發現他滿臉通紅。「你的臉怎麼了啊？」

「我只要氣溫太低，臉上就會被凍到紅。」他將口罩拉上戴好，坐上機車。「走吧。」

「喔。」因為放在車箱的關係，所以羽絨外套散發著一些熱氣。藍尚恩個子比莫云諳高很多，穿上他的外套後顯得她格外嬌小。

坐上車後，莫云諳將手藏在羽絨外套之中，看著前方的藍尚恩，覺得他還真是個典型刀子口豆腐心的男人。

「莫云諳，妳考慮得怎麼樣？」藍尚恩忽然問。

「考慮什麼？」

「我之前的提議。」

莫云諳忘記他提議過什麼，歪頭思考。

「妳忘了？還是在考慮？」

「在考慮。」莫云諳先隨意回答。

「我希望妳今天回答我。」藍尚恩又說：「看到他們了。」

其他人停在前方的紅綠燈等待，張元還問：「怎麼了？落後這麼多？」

「停下來穿外套。」藍尚恩比了後方的莫云諳，一副明知故問的表情。

「唉唷，都穿著男生外套了，有點眼力呀！」韋涵用力扯了張元的衣角。

「喔喔，了解！」陳友倫一旁湊熱鬧喊道，讓莫云諳有些尷尬。

大家又騎了一段路，總算來到看星星的地點。將機車停在路邊，每個人打開手機上的閃光燈，一起照著前方。張元和韋涵帶領所有人穿過一條羊腸小徑，來到一座兩層高的大型涼亭前。

「各位，這邊可是祕密景點，所以沒什麼人，但是因為非常暗，請大家一定要結伴同行，不要走散了喔！」韋涵的聲音在前方提醒所有人。「大家先把手機燈光關掉吧，這樣子星星會看得更清楚。」
說完，韋涵朝莫云諳的方向跑來，而藍尚恩也跟著張元和陳友倫聚到一旁。
「很不錯吧，這樣的大學生活，是妳以前無法想像的吧？」
「嗯，我真的明白妳所說的了，就算交往，還是要保有自己的人際關係。」
「是呀！女孩總是要笨過一次才會變得更聰明，知道在愛情中自己的角色是什麼、可以做什麼，站好自己的位置，不讓人踰越呀！」韋涵對她眨眨眼。
莫云諳看了周遭熱鬧的年輕男女，又抬頭看向滿天星斗，最後對韋涵說：「是呀，我和澤獻在一起的時候，除了逛夜市和看電影，好像從沒有這樣出遊過。」
「還有每天窩在房間裡頭。」韋涵賊笑。
「喂，這邊有好位置喔。」張元對她們兩個喊，韋涵立刻拉著她的手過去。
這裡有片草地，他們三個男生平躺在上頭，可以直接仰天看著星空。
「躺下吧，還是妳們嫌髒？」藍尚恩依舊是那種不友善的語氣。
「我不在意，反正我身上的外套不是我的。」莫云諳說，接著便直接躺下來，彷彿聽見身旁的藍尚恩傳來的笑聲。
韋涵也躺在莫云諳的身邊，五個人還真的就像青春大學生一樣，躺在草地上看星星。

莫云諳永遠也不會忘記，原來世界可以這麼漆黑，夜空可以如此明亮。

當天空閃過許多顆流星時，他們全都發出一陣驚嘆，那一整片黑中帶藍的畫布，閃過無數銀白光束，像是拍電影一樣誇張，滿滿的都是流星雨。

大家都在讚嘆這美麗瞬間時，莫云諳瞥了眼一旁的藍尚恩。

他因冷冽的空氣而滿臉通紅，眼睛像在發光，看著天上的星空，雖然依舊帶著不屑的笑容，可是她看得出來，他很高興。

在流星雨結束後，有些人想先離開，但有些人還想留著，於是變成原地解散。

「莫云諳，妳過來這裡。」藍尚恩比了後方的涼亭。「妳該回答我了。」

剛才的流星雨實在太美，讓莫云諳忘記了這件事情。

「云諳，你們還要留著嗎？我和張元想要去海邊。」韋涵過來詢問。莫云諳看了一眼藍尚恩，然後回：「我們先留著，你們去吧。」

「好，那就解散嘍。」韋涵笑著，往張元的方向走去。

就這樣，這處只剩下他們兩人。莫云諳的心跳有些加快，在腦中努力回想藍尚恩提議過的事情。

「妳還是繼續打算和張澤獻在一起對吧？」

當藍尚恩說出這樣的話時，莫云諳愣了，想起他的提議。

「妳也找一個不討厭的對象劈腿不就行了？」

「啊，你是說那個……」她失笑。「不考慮吧。」

「為什麼？」藍尚恩的問題很有趣。

莫云諳搖搖頭。「首先，不能用這樣的方式處理吧？再來，我要去哪裡找那個對象？」

「可以找我。」接下來藍尚恩的話卻出乎她的意料。

「你在講什麼？」

「我沒女朋友，也最理解妳的處境，我想我是最好的人選。」

莫云諳腦中一片空白。「藍尚恩，你知道你在說什麼嗎？」

「我知道啊。」藍尚恩靠向了她。

「為什麼？你喜歡我嗎？」

他只是聳聳肩。「是我告訴妳張澤獻的事情，讓妳這麼痛苦。我原本以為妳會分手，卻沒想到妳選擇繼續交往，早知道這樣的話，我就不告訴妳了。」

「所以你就……提議我可以劈腿？」

「對，我認為這是讓妳比較不會不甘心的做法。而既然是我講的，那由我來擔任是最好的吧？」

藍尚恩已經逼近到莫云諳面前，他的手放上欄杆，將莫云諳限制在自己的臂彎之中。「不想要就推開我。」

「什……」莫云諳看著低頭的藍尚恩。

她知道他要做什麼，她該推開他的。

可是她想起張澤獻的事情，想起自己居然連問都不敢問，想起自己為了張澤獻放棄了生活。

在這個當下，她只想起了自己的委屈。

藍尚恩碰上她的唇，她感受到他的顫抖，接著，他另一隻手抱住了莫云諳的腰際，將她更推向自己。

「藍……」莫云諳抓住他的衣服，若有似無地掙扎，卻在張口的時候讓藍尚恩的舌頭鑽入。

她只猶豫了一瞬間，便回應了藍尚恩的吻。

感受到莫云諳的回應，藍尚恩將她抱得更緊，吻得更深。

在萬籟俱寂的星空之下，親吻著彼此。

而當藍尚恩離開她的唇時，通紅的臉不知道是被冷空氣凍紅了，還是有其他的原因。

「妳好漂亮。」他說了一句不像他會說的話，並露出了燦爛的笑容。

或許是太過意外，莫云諳的腦子空空的。

湧上了，滿腹的罪惡感。

後來，專題與報告充滿了他們的生活，她和藍尚恩的關係也模糊不清，在大家面前還是普通的朋友，但只要兩人單獨的時候，藍尚恩便會吻她。

僅僅只是親吻。

除了那夜的星空下，莫云諳都沒有回應其餘的親吻，但也沒有推辭。當她看著張澤獻，又或是與張澤獻親吻時，她都會充滿罪惡感；同時也會想著，張澤獻是不是也一樣呢？他和其他女生又進展到什麼程度？

她處在藍尚恩與張澤獻之間，並沒有復仇的快感，有的只是滿滿的痛苦與內疚。她不懂藍尚恩為什麼願意這樣做，也不明白張澤獻和他人保有關係卻又與自己在一起是什麼原因。

但是她什麼都不敢問，就讓這樣的關係如同一灘死水般繼續下去。

張澤獻還是時常行程有問題或是找不到人，這時候，莫云諳就會出於寂寞而聯絡藍尚恩。通常他們只是聊天，有時候藍尚恩會約其他人，大家一起出去玩。

而極少數的時候，藍尚恩會單獨和莫云諳見面，親吻或是擁抱她，但都僅此而已。他從來沒有更踰越的舉動，這讓莫云諳鬆了口氣。

她不用知道自己到底會不會拒絕。

這畸形的關係有了改變，是在莫云諳生日的那天。

藍尚恩約了她見面，說只需要一個小時就好，可是那天，張澤獻容光煥發地告訴莫云諳一個震驚的消息。

「云諳，生日快樂，這些日子抱歉我行蹤詭異，謝謝妳的體諒。」張澤獻拿出了名貴的對錶。

他並不是劈腿，而是去打工，之所以行蹤詭異，都是為了給她驚喜。而那些來往過近的女生，其實只是介紹打工並幫忙隱瞞的朋友。

甚至莫云諳最在意的那個女生，都在和張澤獻的朋友交往。
莫云諳看著那只對錶，看著張澤獻天真的神情，她無地自容。
真正出軌的，是她自己。
「我們分手吧。」她沒有收下張澤獻的錶，而是提了分手。
張澤獻錯愕，不明白為什麼，從哀求到暴怒，懷疑了千萬種理由，但最懷疑的還是莫云諳和藍尚恩的關係。
「我和他什麼關係都沒有，現在沒有，以後也不會有！」莫云諳在最後，還是為了自己而說謊了。
她哭哭啼啼地和張澤獻分手，同樣一句話，也和藍尚恩說。
「我們分手吧。」
藍尚恩什麼也沒問，放手得乾脆，就這樣斷了關係。
兩人系所本來就不同，加上有意地避開彼此，遇到的機會便少了，就這樣慢慢地斷了聯絡。後期，每個人都忙於專題的事情，她甚至也沒有向韋涵解釋張澤獻並沒有劈腿，只為了保護自己，便迎來了畢業。
對藍尚恩的記憶，就是他會因為低溫而臉頰通紅，總帶著不可一世的高傲，偶然間流露出的冷漠，還有猜不透他真實想法的自己，以及那個流星雨的夜晚，屬於他的側臉，和他親吻自己的溫度與溫柔。

所以，多年後的藍尚恩遇見自己時，沒事般地和自己打招呼甚至聯絡時，莫云諳都認為彼此要避開那段過去，不去談。

原來不談不表示釋懷，成為大人以後，也不代表過往雲煙就真的只是過去。

誰都逃離不了過去。

沒解決的事情就是沒解決，沒延續的情感就是遺憾。

遺憾，如同星星之火般，足以燎原。

現在／

「莫云諳，我有重大的事情要宣布。」韋涵傳來訊息。

「我也有。」

「這麼巧，那擇日不如撞日，今天晚上見面好吧？」

莫云諳考慮了一下，將視窗跳回與藍尚恩的對話。「今天晚上有要見面嗎？」

「今天應該不行。」他回答。

是因為工作，還是因為約會？

莫云諳不多問，所以跟他說好，然後答應了韋涵的邀約。

她們約在東區的義大利餐廳，韋涵坐在靠窗的沙發區，莫云諳正笑著揮手時，卻發現她身旁還有另一個男人。

「韋涵，妳不要告訴我……」莫云諳看著那個男人。

「快來坐下，讓我好好介紹一下！」她開心地拉著莫云諳坐到自己旁邊。

「我是梁育程，常聽韋涵提到妳。」斯文的男人自我介紹，雖然年紀比莫云諳她們小兩歲，可是外型看起來比想像中成熟。

「我男朋友啦。」韋涵傻笑著，然後伸出她的右手，秀出無名指上的戒指。

「再來會是我老公。」

「真的假的？妳要結婚了?!」莫云諳大喊，店內的人都看了過來。

「小聲一點啦，唉唷，也差不多了嘛，我們都二十八歲了。」韋涵雙頰緋紅。

莫云諳還處在震驚之中。「等一下，韋涵，這是怎樣啦，進度也太快了吧?!」

「那妳要問他呀，怎麼這麼快就跟我求婚。」韋涵指了旁邊的梁育程。

「當然是想儘快把妳娶回家啊。」梁育程的話讓莫云謐起了雞皮疙瘩，原來看人曬恩愛這麼噁心。

這時，梁育程的電話響起，他接起後回了一句「馬上過去」便起身親吻韋涵的臉頰。「車子擋到人家了，我去移車。」

「好，小心點喔。」韋涵說。

等梁育程離開後，莫云謐立刻抓著韋涵的手。「妳真的要結婚了？我還是不敢相信欸！」

「真的啦。」韋涵咯咯笑著。

「那個說女人當自強的韋涵呢？那個說要先打拚事業的韋涵到哪兒了？」莫云謐搖晃她的肩膀，試圖喚回她的理智。

「女人不能只有工作啊，還是需要人愛。」韋涵抓著莫云謐的手，有感而發。「遇到梁育程以後，我才真的體會到被愛原來這麼幸福。」她從包包拿出一張紅色的喜帖。「所有好朋友中，妳是我最親親親親愛的，伴娘非妳莫屬。」

莫云謐看著手上的喜帖，一切還是好不真實。

「原來婚姻已經離我們這麼近了嗎？」莫云謐喃喃說著。

「是啊，畢竟我們都這個年紀了。」韋涵瞇起眼睛看著她。「妳也是啊，有好男人就把握住吧！」

「如果對方有女朋友呢？」莫云諳用開玩笑的語氣問。

「搶過來嘍。」韋涵眨眨眼。「有這樣的對象？」

「沒有，我隨口說說。」莫云諳聳聳肩，將喜帖收進包包裡，也將所有的心事藏進包包。

「所以妳的重大事情是什麼？」韋涵問。

莫云諳的重大事情，就是和藍尚恩的關係，但現在已經不想說了。同時她也認為，和藍尚恩的關係，最好不要輕易告訴任何人。

「喔，我要說我升職了。」所以她講了另一個也算是大事的消息。

「哇，妳好厲害！可是，妳這樣變成女強人的話，男人會不敢靠近妳喔。」韋涵看著莫云諳新名片上的職位。「這樣薪水可以加多少？」

她比了一，韋涵瞪大眼睛。「看樣子妳真的是女人當自強了。」

「對，而我的自強夥伴跑了。」

「幹麼這樣！」韋涵笑著抱住莫云諳。

韋涵滿溢著幸福，莫云諳知道該為好友祝福的，但此刻，她卻覺得像是五雷轟頂一樣。曾經說著還想測試自己能力到哪裡的韋涵，即將要成為人妻，然後有一天還會成為母親。

莫云諳並不是不喜歡韋涵現在的模樣，但名為現實的浪潮向她襲來，捲走了內心那個尚且天真的自己。

雖然胸口壓得難受，但莫云諳扯出微笑，恭喜著她。

第八章

在和藍尚恩接吻過後的一個禮拜，他們彷彿默認了這層關係，就像大學時代一樣，只是現在立場對調罷了。

莫云諳在大學問不出口，在重逢後也問不出口，如今更是問不出口。

為什麼，藍尚恩當時會願意擔當外面的男人的角色？

如今，莫云諳為什麼又願意擔任外面的女人的角色？

身在其中，她依舊不明白。

或許，藍尚恩最後會選擇自己。

有些人不是會這樣嗎？在結束一段感情前就先展開另一段感情，會有個小小的重疊時光，之後才會做出選擇。

或是，藍尚恩會選擇房祈亞；又或是像當時的莫云諳一樣，兩個都不選。

然而真的要這樣嗎？現在又不是大學了，不是二十出頭了，為什麼還要讓自己的感情陷入如此田地呢？難道過去沒有學到教訓嗎？

於是莫云諳決定要在還沒陷入不可自拔的情況下，先行斬斷才對。

她立刻打了電話約藍尚恩晚上吃飯，對方乾脆地答應了。

下班時間，他一如往常到公司樓下接莫云諳，既不避嫌也不迴避，就這樣開車過來。

莫云諳一坐上副駕駛座，藍尚恩的手忽然伸了過來，拇指輕撫她的眼窩。

「怎麼了嗎？」她嚇了一跳。

「妳黑眼圈加深了吔。」他收回手。「最近工作很累？」

「是有一點。」莫云諳拿出鏡子。「沒想到你會發現。」

「當然，我有在注意妳啊。」他輕而易舉地說出這樣的話，反而讓莫云諳不知道該怎麼辦。

她帶藍尚恩抵達訂位好的日本料理店，他先點了一輪，接著問莫云諳還想吃些什麼，但她想吃的藍尚恩都點了，最後還難得地點了一壺清酒。

「我們喜歡吃的東西很像。」藍尚恩笑了。

莫云諳依稀還記得，房祈亞不吃生冷食物，所以不吃日式料理，可是藍尚恩喜歡日本料理。

生魚片送來時，莫云諳才正要拿醬油，藍尚恩已經在碟子中倒入醬油。在她想好之前，他就先幫她做好了。

兩人天南地北地聊，從過去聊到現在，莫云諳順便告訴他韋涵要結婚了。

「哇，是懷孕了嗎？」他笑著問。

「不是，不過我要當伴娘。」莫云諳聳聳肩。

「妳當伴娘啊。」藍尚恩饒富趣味地看著她。「一定很漂亮。」

莫云諳忽然丟出問題。「你和房祈亞現在怎麼樣了？」

但藍尚恩一點也不慌張，平淡表示。「還是一樣啊。」

「那我們……」

「我很喜歡妳。」藍尚恩如此乾脆地說。

「那我們是維持現狀？」

他溫柔地握住莫云諳的手。「我不會讓妳傷心的。」

她明白了藍尚恩的選擇。

擺明兩邊都想要，要怎麼做才不會讓她傷心？

可是她不也曾做過一樣的事情？

她當時並不愛藍尚恩，只把他當作一個逃避的出口。但現在不同了，她喜歡上藍尚恩了。

所以現在落得這樣的局面，是她的報應嗎？

莫云諳握緊拳頭，告訴自己，這是最後了。

學生時代，她和藍尚恩僅有親吻的接觸，就當作是告別。然而這天夜裡，她讓藍尚恩上了自己的床。

人說得不到的最心酸，所以做過這一場之後，也許她就能放得了手。

她一顆一顆解開他白襯衫上的鈕釦，藍尚恩則親吻著她，從嘴唇、臉頰、鼻子到耳朵，他的手從莫云諳肩膀伸進去，褪去她的外套，在他襯衫尚未完全脫去之前，修長的身軀已將莫云諳壓倒在床上。

藍尚恩的手往大腿游移、來回摸索著，接著移動到裙子的側邊拉鍊，莫云諳則扯開他的襯衫。

他交疊在莫云諳的身上，那份令人安心的重量，讓她更加逃離不了。

藍尚恩的雙眼凝視著她。每當對上眼時，他會嘴角上揚，接著一定會俯身親吻她。當藍尚恩進入她的身體時，他顫抖地趴在她的頸間。

莫云諳看不見他的表情，只感受到了藍尚恩帶來的歡愉。

當他再次起身，抓緊莫云諳的腰際，緩緩退出又再次進入，她發出呻吟。

藍尚恩依戀地親吻她的臉頰，結束後會緊緊抱住她，用指尖抹去她背上的汗水，輕咬她的脖子與鎖骨，而那游移至她敏感耳垂的唇，更令她不自覺嬌嗔出聲。

接下來，又會再一次地進入她。

那一夜，他們多次纏綿。當翌日的陽光從窗簾間透入，莫云諳裸著身體起身，看著睡在身邊的藍尚恩。

她伸手摸著他的臉，卻覺得無比難受。藍尚恩抓住了莫云諳的手，放到嘴邊親吻。「幾點了呢？」

「七點。你該準備上班了吧？」

「我可以晚一點出門。」藍尚恩伸手抓住莫云諳，將她抱入懷中。「妳呢？」

「我今天有會要開，所以該起來準備了。」

「那我也起來，送妳去上班吧。」

「沒關係，你躺一下吧，鑰匙我留給你，到時候放在信箱就好。」

「嗯。」藍尚恩親吻了莫云諳的臉，再次睡去。

她扯出微笑，從床上起身。

明明跟自己說好了是結束，怎麼反倒像是開始？

莫云諳換好衣服，在出門前親吻他的額頭，藍尚恩也回應了。

也許明天吧，明天再跟他說吧！

「我出門了。」她低語。

走出租屋時，正巧遇到了隔壁鄰居站在電梯前。

莫云諳和鄰居並不熟，唯獨隔壁的青澀女孩見過幾次。從她輕鬆的打扮看來，應該不是去上班，所以她率先打了招呼。「今天休息嗎？」

那女孩有些不好意思地回：「啊，對呀。」

「真羨慕呀，我也好想休息。」莫云諳寒暄。鄰居再次一笑，兩人在電梯裡無話，而莫云諳想著的是還躺在床上的藍尚恩。

・・・

於是就這樣，明天永遠還有明天，莫云諳和藍尚恩的關係依舊持續。

其間他們還外宿了幾次，但整晚，藍尚恩的手機也沒響過，這讓莫云諳傻傻地燃起希望，想著：他們是不是分手了？

但是隔天，當她從洗手間出來時，聽見藍尚恩在和房祈亞講電話。莫云諳又退回到了浴室，等了一會兒後，才當作自己剛出來。

好悲哀呢，都這麼悲哀了，又為什麼要繼續呢？

「妳們要不要聽八卦？」王宇城躡手躡腳地來到她們身邊，田歆雯翻了白眼。「禹見廣告。」

「哦？那可以聽聽。」田歆雯有興趣，畢竟她的客戶前陣子被禹見搶走。

「禹見裡頭的管理部主管，我之前聽說他有女友，但前幾天卻看見他和別人一起開房間。」

「管理部主管又不是業務部，對我們公司的業績沒幫助，零分。」田歆雯再次翻白眼。

「吼，這明明就是八卦！」王宇城抱怨著離開。

田歆雯不理會，轉頭問：「云諳，那篇文章妳分享了嗎？」

「哪篇？」

「阿吉的客戶啊，說有妊娠紋組合促銷，要我們多少幫忙分享一下，我轉寄給妳。」阿吉就是當初被「欺負」的新人，現在也逐漸開始獨力作業了。

「妊娠紋啊……我這邊不知道有沒有人會要。」莫云諳點開 E-mail，將網址複製到 Facebook，按下分享。

「我告訴妳，意外地多。」田歆雯翻了白眼。「我們這個年紀的臉書朋友，現在都是結婚啦、小孩的照片了，我多懷念以前充滿大家放閃和自拍照的時光啊，那表示我們還年輕。」

「歲月不饒人啊。」莫云諳笑著說。不過經田歆雯這一講，她才發現還真是如此呢，Facebook 塗鴉牆的確充滿了小孩子的照片，許多當年很愛自拍的大學同學，現在的大頭貼也都是孩子的照片。

是大家跑得太快，還是自己走得太慢？

不過清一色的，除了韋涵之外，其他人都是懷孕結婚。

這種一開始就以孩子為基礎的婚姻，真的是好的嗎？

婚姻不是應該以愛當基石，去發展之後的人生嗎？

莫云諳忽然心中一頓，藍尚恩又是怎麼想的呢？

這段三人行，他有想要解決嗎？

莫云諳告訴自己不能陷得太深。雖然已經在泥沼之中，但她在內心暗自決定，給他一個月的時間，一個月後，如果他依然做不出選擇，那自己就主動離開。

當她把資訊在Facebook貼出後，居然許多八百年沒聯絡只按讚的朋友紛紛留言，更有人私訊詢問，莫云諳才真切體會到，原來婚姻真的已經離自己這麼近。

「欸，超久不見的，妳還記得我是誰吧？」文小宣的訊息跳出來，莫云諳猶豫了一下才回覆。

「當然啦，怎麼可能會忘。」她回應著客套話。

「我看見妳分享的那個妊娠紋組合，是妳在賣的嗎？」

「是我公司配合的廠商在作促銷，我們就幫他們分享資訊嘍。」莫云諳打下這段文字。雖說妊娠紋霜不是只有孕婦才能用，不過她還是禮貌性地問一下。「妳有喜了嗎？」

「哈哈哈哈，怎麼可能！」文小宣貼了幾個大笑圖片。「我是想要買來送給房祈亞的，妳還記得她吧？」

「房祈亞？」莫云諳皺起眉頭。
「嗯，她懷孕了呀！」
她的心臟像是被掐緊一樣，瞬間連呼吸都變得困難。
「是喔，懷孕多久了啊？」
莫云諳慶幸文字不會反應情緒，也看不見她的表情。
「應該也有五、六個月了吧，所以我想說送她這個東西，等寶寶出生之後再送別的。」
五、六個月？
莫云諳不敢相信自己看見的。為什麼藍尚恩從來沒告訴過她？
懷孕不就表示，一切沒有轉圜的餘地了？
不就表示他們一定會結婚？
那麼這段日子，藍尚恩對她所做的一切又是什麼意思？
對，藍尚恩是沒跟她說過會和房祈亞分手，可是……
他到底在想什麼？怎麼會這樣子？
「懷孕的話，應該三個月的時候就要開始搽了吧，妳現在送她來得及嗎？」即使內心瀕臨崩潰，但雙手還是可以打出這些無關緊要的話。

「前期她老公有買了啦，因為祈亞說快用完了，我剛好看見妳的貼文，所以就想說送她啦。」

「她老公？結婚了嗎？」

「她早結婚了啊，在發現懷孕的時候就直接公證了。」

文小宣的字句讓莫云諳眼前一片黑暗。

她直接從出軌對象，成為了外遇對象。

莫云諳的心情很差，所以在藍尚恩問她這週末有沒有空一同出遊時，她原先打了「那你老婆呢」這句話，最後還是刪除了。

今天，分手好了。

莫云諳回應了好，穿上了貼身單寧與紅色高跟鞋，想要漂亮地道別。

可是在她走出家門時，卻收到藍尚恩的訊息。「臨時有事，先取消。」

她氣炸了，打上了「分手吧」的字，可是又停下了。

她不知道自己到底該怎麼做，才更顯得有骨氣，也不知道自己為什麼一直離不開他。

就在她轉身回到家門前時，隔壁鄰居打開了門。

「午安。」鄰居女孩笑顏燦爛。「妳要出門呀？」

「原本要的，但臨時被放鴿子了。」莫云諳聳肩。

「如果方便的話，我們一起去逛逛好嗎？」

沒想到鄰居會如此邀約，她們明明不熟，若是平常，莫云諳會找理由拒絕，可是她才剛被放鴿子，才剛過得這麼悲慘。

她不想要自己打扮得如此漂亮，卻什麼也不做地待在家裡，所以她答應了。

兩人決定先去吃飯，其間鄰居介紹自己名叫都華央，又提起明天就要去新公司報到。「我看妳每次都穿得很漂亮，是我心中理想的上班族裝扮，所以才大膽約妳，看能不能陪我一起逛逛。」

看著青澀的都華央，莫云諳心生羨慕，她今年都二十八歲了，卻陷在感情的泥沼中，和她這朵正萌芽的新生花相比，自慚形穢。

不過就在都華央提及即將前往的是禹見廣告時，莫云諳想起了王宇城的八卦消息，便稍微提醒她要注意點人際關係，結果反而讓都華央擔心了。

沒經確認的事情，自己就告訴別人，讓莫云諳有些後悔。「他們在工作表現上非常好，我們公司幾個客戶也被他們搶走了，只是說，他們裡面的人，要睜亮眼睛相處。」

「這個意思是……」

「華央，妳應該沒有男朋友吧？」

「啊，是沒有。」都華央努嘴。「但是姐姐妳有男友吧？」

莫云諳一愣。「怎麼這麼說？」

「因為有時候妳會很晚回來，也會穿跟昨天一樣的衣服……啊，我不是變態一直在觀察妳喔，是剛好看見的。」

沒想到自己的行程會讓都華央注意到，如果連鄰居都察覺的話，那更加親近的人會注意到嗎？

可隨即她也愣了。她有其他更加親近的朋友嗎？

韋涵現在有梁育程，而自己沒和爸媽住在一起，其他同事也只是同事。她，只有自己。

瞬間，她再次覺得自己很淒涼。不過她努力微笑著。「我沒有男朋友。瞧，我是廣告業呀，有時候要應酬、拍攝、找地點等等，總之很多事情很忙，看見太陽才下班是常有的事情。」

都華央聳起肩，看起來有些害怕。

隨後，莫云諳帶著她前往自己常去的服飾店，細心幫都華央挑衣服。其間她的手機傳來震動，她刻意不去看。

如果是藍尚恩，她想讓他知道，自己不會一直等著他。

可是如果不是藍尚恩，她也會失望他沒找她。

手機的震動，變成了束縛她的枷鎖。

「姐姐，謝謝妳幫我挑衣服。」都華央露出純真笑容，讓莫云諳欣慰地笑了。

二十二歲，與二十八歲。

莫云諳想念二十二歲的自己，羨慕都華央現在才正要開始。

最後，她帶了都華央到百貨公司的女鞋區。

「衣服、化妝品、保養品甚至是包包都沒有關係，但是鞋子一定要好。」莫云諳拿起一雙黑色的跟鞋放到都華央腳邊。「好的鞋子會帶妳走往好的地方。」

走向好走的路，走向自己的路。

不要跟自己一樣。

「謝謝妳今天答應我的邀約，等我領到第一筆薪水後，請妳吃飯當答謝好嗎？」都華央抓住莫云諳的手誠摯地說。

「我很想說舉手之勞不算什麼，但若是妳有那心意，我不接受就太不識趣了，所以當然沒問題。」莫云諳說完後拿出手機。眾多的訊息顯示中有藍尚恩的，光是這樣就讓她心情好多了。「我們加個好友吧。」

「好哇！」

陰錯陽差之下，就這樣和隔壁的鄰居認識了。

因為週末取消約會，隔日下班後，藍尚恩再次來到她的公司。不過整頓晚餐，莫云諳都無法專心，沉著一張臉。最後藍尚恩也停止說話，兩個人沉默地吃完飯。

莫云諳以為，他會就這樣把她送回家，兩個人會陷入冷戰。

藍尚恩卻將車開到了河堤邊停下後熄火，握住莫云諳的手，十指緊扣。

「妳怎麼了嗎？今天心不在焉的。」

莫云諳腦袋嗡嗡作響，直直看著他。

你已經結婚了嗎？你的手指上明明沒有戒指啊！

她想尖叫，想抓著他大吼，想打他。

她知道自己也有錯，在藍尚恩還有女友的情況下，就和他發展成這樣的關係，可是她萬萬沒想到，藍尚恩是已婚者！

有太太跟有女朋友，這是完全不一樣的情況啊！

千言萬語，都化成凝聚在鼻腔的苦澀，在他面前，莫云諳強吞眼中的萬般委屈，告訴自己不能哭。

她勉強對他扯出一個微笑。藍尚恩靠近她並親吻了她，舌尖鑽入她的口腔。屬於他的甘甜香氣充斥，讓莫云諳想要索求更多。

忽然間，他離開莫云諳，帶著淺淺的笑意看著她的臉，手指在臉頰上游移。就這樣，凝視著莫云諳好幾秒。

「你在想些什麼呢？」

「想妳啊。」

「你的心裡，沒有一絲絲想到房祈亞嗎？」莫云諳說，忍著眼淚，連痛都不能讓他看見。

藍尚恩依舊撫摸著她的臉，另一手玩弄她的髮尾，手指緩緩移到她的耳垂，順著脖子往下。

「當下的溫柔都是為了妳。」他說。

莫云諳抓住他的手，親吻他的手心，然後推開他。

「你的身分證讓我看。」

他沒料到莫云諳會突然有此要求，但也沒有拒絕，從皮夾內拿出身分證，正面朝上遞給她。

沒想到這麼輕易就能知道真相，莫云諳深吸一口氣，顫抖著將身分證的背面翻過來——

配偶欄上清楚寫著房祈亞，這個鐵一般的事實明擺在眼前。

藍尚恩沒有說話，伸手拿回了身分證，放回自己的錢包。

「我不會隱瞞妳任何事情。」

「但你也沒有說！」

「因為妳沒有問啊，妳如果問我，我就會告訴妳我結婚了，就像現在這樣。」藍尚恩關掉車頭燈，轉過來看著她。

多麼地，理直氣壯。

莫云諳激動地立刻拿起包包，打開車門就往外走。

「莫云諳！」藍尚恩也從車上下來。

「我跟你沒什麼好說的，你這樣比林子雋更糟糕！」莫云諳氣憤地喊著，強忍著眼淚。

她不能哭，不能在這種時候掉眼淚。

會演變成這樣的狀況，她也有錯。

可是藍尚恩呢？即使他已有房祈亞這個共度一生的伴侶，竟還是默許了莫云諳的存在。

「莫云諳！」他抓住莫云諳的手，然後緊緊抱著她。

「不要！放開！」莫云諳喊著、掙扎著。

「我不會放手。」他說，環住的雙臂將她抱得更緊。

在男人的力氣前，莫云諳明白自己掙扎沒有意義，於是深深吸氣。

「好，我不跑，我們好好談談。」

他聽話地放開，然後看著莫云諳的臉。「我以為妳在哭。」

「我不會哭，至少不在你面前哭，我以前跟你說過。」因為男人都怕女人的眼淚，他們會因為女人的眼淚心軟，而無法狠心做出選擇。

莫云諳不要他的選擇是因為同情，不要他此刻的擁抱是因為她的眼淚，所以不會在他面前哭。

他心疼地摸著莫云諳的臉頰，試探性地靠向她。莫云諳抓住他的手，輕輕搖了搖頭。

「妳，不也曾經這樣嗎？」

莫云諳倒抽一口氣。「所以你現在是在報復我？」

「不是，不是那樣。」藍尚恩用力搖頭。「妳能夠理解嗎？」

「不能！當時的我不能理解自己的做法，現在的我也不能理解自己為什麼要留在你身邊！」

「我也不能理解，即便自己都擔任過兩方的角色，也還是不能理解為什麼要這樣做……」

「那你當初就不該叫住我！」莫云諳大吼。

該讓過去那份錯誤就永遠停留在青春才是。

「一開始，我只是想和妳聊天，我也沒想過會變成這樣……如果我告訴妳，這一切就都會結束了不是嗎？但我不想結束，想繼續和妳在一起……」他溫柔輕撫著莫云諳的臉。

那份柔情，那份從學生時代延續的情愫，那眼底裡面的依戀與不捨……

莫云諳也想要他，不想這段感情現在就斷了。

「我們的最後，會是怎樣？」

這有多可悲，在想到共結連理之前，會先想到結束的方式。

「我不知道，我想過很多種可能，但都覺得不可能。」藍尚恩緊緊抱著莫云諳。「能給妳的我都會給妳。」

言下之意是，不能給的，也不能要嗎？

那你能給什麼？而自己想要的又是什麼？

在他的懷中，莫云諳茫然地想著

想要他離婚嗎？如果他今天單身，會想和他結婚嗎？

她只是很單純地想談戀愛，只是想愛的人也愛自己。

但為什麼現在卻會變成這樣？

會放不開他，是不是因為早知道他不屬於自己？

可是當初，藍尚恩卻放手得很乾脆啊……

「莫云諳？」藍尚恩凝望著她。

眼前的藍尚恩，變得像是沙漠中的海市蜃樓一樣，虛無卻又真實。

他能帶著她去的地方，絕對不會是綠洲。

莫云諳明白了，第二者主動說分開的時候，第三者才有辦法放手。

所以當年藍尚恩會鬆手，是因為莫云諳說了分手。

所以如果……藍尚恩現在不放手，那她是不是就永遠走不開？

終有一天，她定會為他掉下眼淚，為這段戀情感到後悔。

只是不是今天。

她再次見到鄰居都華央的時候，是某個藍尚恩說要加班的夜晚。她不知道是真的加班，還是回去陪房祈亞。

但是莫云諳並沒有多問，自己買了晚餐回到租屋。

「啊，好久不見。」都華央看起來已經和先前不太一樣，出社會一段時間後，裝扮都改變了。

「看來妳現在很習慣穿高跟鞋嘍。」莫云諳讚賞地看著都華央腳上的高跟鞋。那曾穿著球鞋的女孩，也成為了女人。

「是呀，我能理解妳說的好鞋子那句話了。妳也還沒吃嗎？不介意的話要不要一起？」

「啊，當然好，妳房間方便嗎？」莫云諳爽快答應。

「沒問題，請進吧。」

「上班還順利嗎？」莫云諳問。

「還不錯，我很喜歡那裡的環境還有同事。」都華央吐舌。「不過最近聽到了一個理論，覺得有點震驚。姐姐，妳覺得天下男人都一樣嗎？」

「都一樣的意思是哪一方面呢？」

「例如我們會覺得很多男人很糟糕，可是自己的男友不一樣。可事實上，自己的男友也是一樣，只是因為那是自己的男友，所以才被隱瞞欺騙，看不見真實。」

莫云諳沉思。就像房祈亞也不知道藍尚恩和自己的事情一樣，或許還認為藍尚恩是個好老公。

「妳認為是那樣嗎？天下男人一般黑？」莫云諳反問。

都華央笑了，先是點頭，而後又搖頭。

「其實我也搞不清楚，如果說天下男人都一樣的話，那我們為什麼要戀愛？都知道註定傷心的話，為什麼還會愛上下一個人呢？」

「應該要說，當男人不愛妳的時候，都一樣。」

莫云諳喝了口都華央拿出的酒。

「不愛……」

「當他不愛妳，什麼事情都做得出來，但是他不見得會跟妳分手，不見得會離開妳，只是他不愛妳了，所以他可以……可以不斷地傷害妳。」莫云諳說完，一口喝完水果酒。「妳還有嗎？」

「有呀！好在妳就住在隔壁，不擔心喝醉。」都華央又從冰箱拿了兩罐水果酒出來。「剛才的理論也很新鮮，我好喜歡妳的說法，可是聽了有點難過呢。」

「怎麼說難過呢？」

「如果不愛我的話，為什麼不分手呢？」

「因為……有時候沒有原因，有時候是太多原因……」莫云諳想為藍尚恩找藉口，也想為自己找臺階。「但這樣的體悟，也是到了我這個年紀才有的。」當年的自己，不是出於愛，而是出於寂寞與不甘心，才會和藍尚恩出軌。

可如今的藍尚恩又是怎樣呢？

也是不愛自己嗎？還是單純因為有了懷孕中的伴侶？

「哦？不然以前的妳會怎麼想呢？」

「大學時期的我大概會覺得，遇到爛男人表示自己眼光有問題，物以類聚，怎樣的人就會吸引到怎樣的人。但是我現在不會這麼覺得了。」

「如果真的是物以類聚，那是不是代表男人會劈腿，自己也有問題呢？」

都華央的話讓莫云諳一愣。她想相信這一點，是房祈亞和藍尚恩之間本來就有問題，才會有她介入的空隙。

但這不該是演變至今的理由，所以她客觀地說：「一段感情發生問題，一定兩方都有責任，只是先發生變化的人總是背負罪惡。」她搖頭。「但或許這也是我的自圓其說。」

「但無論怎樣，我們都很努力地用自己的方式戀愛著，畢竟沒有親身遇到，都很難設身處地地著想。」都華央舉起啤酒，和莫云諳乾杯。「希望我以後也可以成為像妳這樣的女人。」

「還是不要成為我這樣的好。」莫云諳一笑，也舉起酒杯。眼前還在成長的小女人，希望妳在愛情這條路上，能夠比我果斷、比我幸運，也比我懂得什麼時候抽身。

她在心裡，如此祝福。

第九章

大多數外遇的男人，都會選擇回家，老公和老婆攜手一起撻伐小三。

所以莫云諳不斷給自己心理建設，最後，她還是會成為被拋棄的那個。

在她與藍尚恩數不清第幾次的愛慾纏綿之後，他回家了，而莫云諳一個人躺在床上看著天花板，想著回到家中的他，是否也會親吻房祈亞呢？

等到之後孩子出生，他們當了新手爸媽，與孩子共享天倫之樂，哪還有第三者擠得進去的空間？

莫云諳腦中混亂打轉，煩惱著這些事情，竟也不知不覺地沉沉睡去……

她夢見回到大學時代，和藍尚恩漫步在校園之中，接著場景一轉，來到了那片星空，藍尚恩第一次親吻她的時候。

然後，她與張澤獻分手，選擇了藍尚恩，他們牽著手走在街上。出社會後，藍尚恩開著車與她出遊，送了她戒指。

這在現實中是絕對不可能發生的事情，所以她知道這些都是夢。

所以好幸福，她從來不知道正大光明是一件多快樂的事情。

下一秒，房祈亞站在前方，而藍尚恩放開莫云諳的手，朝她走去，一手扶著房祈亞的肩膀，另一手摸著她的肚皮。

莫云諳喊他的名字，藍尚恩回過頭，微笑說：「掰掰。」

然後她就醒了，心跳劇烈，冷汗淋漓。

莫云諳顫抖著。這個夢好可怕，竟然如此輕易、輕易地就可以選擇丟下她，就像當初她丟下藍尚恩一樣。

不是今天，還不是今天，不能哭泣。

於是莫云諳深吸一口氣，調整好呼吸後下了床，到浴室用水拍著自己的臉頰，抬頭看著鏡中的自己。

莫云諳，不要給自己希望，不要相信任何承諾，不要以為自己會被人所愛，不要認為自己會被放在第一。

因為終有一天，妳還是會被拋棄。

妳終究會是被拋棄、被放棄的那一個，永遠永遠，記得這一點。

不要為了早知道的事情難過，不要被早知道的事情傷害。

「所以我不離去，也不打算真的愛你。」

．．．

「你要答應我，絕對不能騙我。」莫云諳在訊息裡如此說：「像是如果你和家人有約，臨時要取消我的事情，也不要騙我說是公司有事。」

「我不會騙妳。」藍尚恩貼了愛心圖案。「妳有任何問題都可以問我，我不會說謊。」

莫云諳想問他，孩子是男是女？或是問他打算在哪裡生？名字有先想好了嗎？還有，他是因為房祈亞懷孕所以才娶她，還是從什麼時候開始，就已決定房祈亞會成為自己的另一半？

他明明說了，什麼都可以問，但是莫云諳什麼都問不出口。

她不知道問題的界線在哪裡？不知道這些問題能不能問？問出口之後會有什麼

改變？會引起什麼？

當初藍尚恩什麼都不問、不爭，她並不是要秉持藍尚恩以前的做法，只是不想讓他覺得自己是個麻煩的女人，也不想要變成好像是她放不了手。

「為什麼你沒戴婚戒？」所以，莫云諳只問得出這問題。

「因為不想。」

「為什麼？」

「一個戒指那麼貴，又沒什麼必要性。」

「怎麼會沒必要性。」莫云諳嘆息，要是早看到婚戒，她就不會如此。

可是，她不也早就知道藍尚恩有女友了？

如果真的有婚戒，會不會也是一樣的局面？

「那生孩子的那一天，要告訴我。」她不去思考背後的可能，轉了話題。

「嗯。」

莫云諳久久沒有回覆，看著螢幕發呆。藍尚恩又傳來訊息。

「我今天很想妳。」

「是嗎？」

「那妳呢？」

「想念也是種沒什麼必要性的情緒吧。」

酸言酸語的回答，才能讓自己好過一些。

「對我很重要。」

看著藍尚恩的文字，覺得可悲又可憐，何必如此折磨呢？

莫云諳回覆：「我也想你。」

這樣比冰冷的字句好多了，至少不是那麼痛苦，能稍稍撫平內心，彷彿像是被愛著一般。

而自從莫云諳要藍尚恩全面說實話後，藍尚恩全盤照做，可才發現，原來據實以告對她來說也是痛苦。

「今天下午我要帶祈亞去產檢，所以暫時無法用手機。」

「我們要回祈亞娘家，這兩天不太能用手機。」

「我有事情忙一下，晚點敲妳。」

而莫云諳的回應，總是千篇一律：「嗯，好，你忙，忙完再告訴我。」

除了這麼回，她也不能怎樣，因為她選擇了實話。

對兩個女人說謊太累了，所以不要對我說謊。

我可以承受這些痛苦，也是我必須承受的。

在拍攝日系化妝品第二季廣告的那天，藍尚恩傳了訊息過來。「我現在要去醫院了。」

莫云諳先是一愣，才會意過來他的意思。「要生了？」

「對，所以暫時沒辦法跟妳聊 LINE。」

「好，沒關係。」

接著，莫云諳的心臟開始怦怦狂跳。

「云諳，導演說，這一顆鏡頭如果這樣呈現，會導致主角的風采被後面的……云諳？妳有在聽我說嗎？」

「啊？抱歉，妳剛才說什麼？」

田歆雯皺眉。「妳在發呆嗎？繃緊神經啊，這是很重要的客戶吔！」

「對不起，一時恍神，我看一下……」莫云諳壓抑內心的激動情緒，將精神與注意力轉移回工作上。

接著拍攝廣告的女星發生了一個大笑話，所有在場的工作人員都笑個不停，說這個一定要放到網路上當幕後花絮，莫云諳卻聽得心不在焉。

而後便當送來，這家的便當非常好吃，每當要熬夜拍攝就會訂這家便當慰勞大家，可是莫云諳卻食不下嚥。田歆雯一邊問著沒事吧，一邊卻又挾走她的排骨。

「實在太累了，所以沒胃口。」莫云諳怪罪在這一點之上。

但她心知肚明，真正的原因是什麼。

等莫云諳忙完後，才看見藍尚恩的訊息簡短寫著：「我忙完了。」

莫云諳看了看時間，凌晨五點傳來，現在是下午四點。她回覆：「生了？」

「嗯。」他很快回覆。

「是男是女？」

「女。」

莫云諳猶豫了一下，還是打出三個字：「恭喜你。」

多諷刺，婚外情的小三恭喜他和元配生了孩子。

「我真的很喜歡妳。」

他回應了這句，莫云諳知道他是想讓自己開心一些。

他們彼此都努力不去戳破，選擇暫時讓美好的甜美假象隱瞞著，即使其實他們都很痛苦。

「我也很喜歡你啊。很累了吧，快回去休息吧，我剛拍攝完廣告，現在也準備要回家了。」

「好，妳到家再跟我說。」

莫云諳看著陽光刺眼的天空，空氣中帶著黏膩的躁熱。

「啊，這個給妳。」田歆雯拿了顆巧克力給她。「今天是七夕喔。」

「情人節？」莫云諳回頭，發現劇組的人正在發放巧克力。

「是啊，快點回去休息吧，我也要走了。」田歆雯打了哈欠，隨手招了計程車就離開。

莫云諳看著手中的巧克力，笑了起來。在情人節這一天嗎？

人家都說，孩子會自己選擇日期出生的，所以這個孩子就是在提醒他們吧？

莫云諳和她的爸爸，永遠也別想度過七夕情人節這一天，因為是她的生日，是家庭同樂的一天。

第一次看見藍尚恩孩子的照片，是在文小宣的Facebook上。

文小宣抱著孩子，背景看起來是月子中心，她標記了房祈亞。那個孩子長得好像藍尚恩。

莫云諳好想哭，她的心好痛。

可是她不能哭，也沒有資格哭泣。

這不是公平不公平，或是愛與不愛，事情就是這麼發生了。

人人都說，當小三會有報應，破壞他人婚姻的人，惡有惡報。

但莫云諳認為，在成為小三的那瞬間起，就已經得到報應了。

從此陷入痛苦之中，陷在嫉妒卻又不能張揚之中，像是水溝中的老鼠躲避太陽，苟且偷生。

「我今天沒有辦法跟你說話。」

「妳怎麼了？」

「我比我想像中的還要難受。」莫云諳在螢幕上打上這些字。

他停頓很久沒有回應，她知道他也無法回應什麼。

「所以讓我靜一靜吧。」

「好。」他簡短地回應，包含太多無法訴說的無奈。

莫云諳將LINE登出，把音樂放到最大，拿出紅酒與杯子，一個人像瘋子一樣在屋內隨著音樂擺動身軀，累了便去泡澡放鬆，還加了精油。喝了酒以後又泡澡，讓她的心跳飛快。

茫然看著浴室氤氳的蒸氣，腦袋一片空白，什麼也不想。

不知道過了多久，莫云諳猛地從浴缸內驚醒。自己居然睡著了。皮膚都泡得有些爛爛的，她嘆口氣，緩緩從浴缸爬出去，慶幸沒有淹死在自家浴缸之中。

慣性地點了下手機螢幕，她總是等待著藍尚恩的訊息。看見他的訊息提示，莫云諳內心就會有股莫名的安心。

「妳還好嗎？」他的訊息發送自三十分鐘前。

她看了下現在的時間，凌晨十二點半。

莫云諳將身體擦乾，換上衣服，吹好頭髮，塗完乳液，躺在床上，一切準備就緒之後，才滑開螢幕，回應了他。「不好。」

反正，他不會回應的。他在陪伴房祈亞，陪伴他的孩子和老婆，誰有空搭理小三的情緒？

他們早就一家三口甜蜜入睡了，要認清自己的身分，自己的位置。不吵不鬧，只能偶爾耍小任性，要適可而止。

然而出乎莫云諳意料的是，藍尚恩卻馬上已讀。下一秒，她的手機響起。彷彿知道了她的痛苦一樣，藍尚恩居然打了電話過來。

她其實是高興的，卻又痛苦，矛盾不已。

「你怎麼會打給我？」

「因為我擔心妳。」他壓低的聲音，伴隨著後頭傳來水龍頭嘩啦啦的流水聲。

想我、擔心我、關心我，可實際上，你身邊是另一個人啊。

你以前也有過這樣的痛苦嗎？

還是以前你並沒有任何想法？因為當時你只是打發時間？

你給我的愛，好虛幻，好折磨。
這些話，莫云諳都只能往肚子裡面吞。
「我可以去看孩子嗎？」所以，她說了這句。
「妳要來？妳確定？」
「房祈亞是我以前同事，你是我大學同學，於情於理，我既然知道這件事情，當然應該去的。」這是很理性的事情。
「嗯。」
「也是。」於是藍尚恩告訴她月子中心的地址。「妳不要帶禮物。」
在掛掉電話之後，空虛的情緒便不斷在心裡沸騰著。
那一晚，她完全睡不著。

莫云諳來到月子中心，不斷深吸氣，在心中告訴自己，絕對不能讓房祈亞產生一絲懷疑，絕對不可以表情崩壞。

現在是見客戶，要拿出最專業的笑容；今天的任務是稱讚孩子，然後把紅包交給他們，說聲恭喜。

在他們房間的外頭，她按下電鈴，裡頭的人走動的腳步聲令莫云諳心跳加速。打開門的是昨天還親吻過的男人。

「好久不見了吔，藍尚恩。」莫云諳笑著說謊。

「嗯。」他扯了一記微笑，側過身讓她進去。

素顏的房祈亞坐在床邊，身上穿的是月子中心提供的衣服，而她的床邊有張嬰兒床，新手媽媽正逗弄著床裡的小女嬰。

「莫云諳，謝謝妳來看我。」房祈亞看起來有些虛弱，但依舊很漂亮。

可莫云諳還是驚訝地發現了她的改變。那個曾經和文小宣一搭一唱的美麗女孩，抱怨著網路上的客訴都是白痴，總化著濃妝，隨時都在補妝，不斷玩手機、看時尚雜誌、手上有著指甲彩繪的房祈亞，已經不見了。

現在眼前的她，是一個「母親」，從一個女人，變成了母親。

莫云諳舉步艱難地走到嬰兒床的旁邊，將包包放在一旁的椅子上。旁邊的沙發上有藍尚恩的居家用品，桌面則擺著房祈亞的月子餐。

藍尚恩拿了酒精噴灑在莫云諳的手心。

這樣一個很細微的舉動，足以證明他很疼惜他的女兒。

「人家都說，女兒是爸爸上輩子的情人，而且是農曆七月七日出生的對吧，看來這個女兒將來會和妳搶藍尚恩喔。」莫云諳這麼說，像是在懲罰自己。多麼可笑，她正被自己的話所傷。

房祈亞聽了，泛起幸福的微笑。「那我可真期待，最愛的人搶我最愛的人，這好為難呢。」

一瞬間，難過湧現。在親眼所見後，才發現殺傷力遠高於想像太多太多。

「妳要抱抱孩子嗎？」當房祈亞將女嬰抱起來的時候，這麼問她。

「不了，小孩這麼小，我會怕。」莫云諳沒辦法抱著他們的孩子，她還沒自虐到這種程度。「你們取好名字了嗎？」

「取了。」回應的是藍尚恩，卻沒說出小孩的名字。

糟糕，莫云諳覺得快待不下去了，趕緊從包包中拿出紅包交給藍尚恩。

「對了，恭喜你們吔，實在不可思議。」

罪惡感這種東西是很玄的，總是出現在不該出現的時候。

現在這瞬間，莫云諳的罪惡感浮現了。
藍尚恩看著她的眼神，充滿了愧疚。他收不下她的紅包。
「不用啦，幹麼這樣客氣？」
他的聲音緊繃又乾澀，莫云諳的眼神輕輕晃動了一下。
藍尚恩，你要繼續演戲啊，不然你心中的動搖會被識破。
「那祈亞，就給妳嘍！」於是莫云諳轉向房祈亞，順手將紅包塞給她，還摸了摸女嬰的額頭。「超可愛的啊！」
「因為是祈亞生的啊。」
任務完成了，給了紅包，稱讚了孩子，演足了一場戲。
藍尚恩這時才終於想起自己的角色了嗎？
現實就是該這樣傷害她。
那罪惡感，僅只短短的瞬間，也許連十秒鐘都不到，卻壓得她喘不過氣。
但只要熬過了這十秒，莫云諳便又開始期待與藍尚恩的相會。
就算在與自己纏綿之後，他會在同一個房間內一面撫摸她光滑的背，一面打電話給房祈亞，詢問她是否一切安好，莫云諳也會告訴自己，不要有罪惡感。

畸形的幸福，只會變成畸形的愛情。

她，在不知不覺之間，也成為了這樣的女人。

為了自己的愛情，不惜傷害別人、傷害自己，然後藉由愛他的慾望抹煞罪惡感，抹煞一切道德倫理，只為了愛他。

讓他愛我。

莫云諳最近經常想到張澤獻和林子雋，不免會比較，要是一樣的狀況，她會願意當張澤獻或是林子雋的第三者嗎？

答案似乎是否定的。莫云諳不想要用「比較愛」這種膚淺的理由來解釋自己的選擇。或許是因為他們都是已經分手的人，才能理性分析。

感情啊、靈魂啊、內心啊，這些虛無的東西、這些肉眼看不見的東西，卻重要到讓人費盡一生追尋。越是想確認它在這裡，就越感覺不到它存在，可是，它的確就在這裡。

在藍尚恩擁抱自己的當下，在他親吻自己的瞬間，莫云諳很確定，「愛」就在她的心裡。

但矛盾的是，那些交往過的男人們，從沒有讓她感受到被愛，而今這個下半生都在另一個女人那邊的藍尚恩，卻讓她感受到了。

愛，究竟是什麼？

這份愛是真實的？還是想像的？

他若真的愛自己，又怎麼會讓她躲在陰暗之處？

他若不愛自己，又怎麼會讓她感受到滿腔的愛意？

她的愛情，徘徊在痛苦卻又滿溢的矛盾之中，都是孤寂。

明明這麼真實的存在，和他的所有過去也都是真的，發生過的事情也是真的，可是在他的人生清單中，莫云諳依然只是假的。

他和房祈亞擁有的一切生活，那些柴米油鹽醬醋茶，才是真實的人生。

「你們是不是養了一隻狗啊？」莫云諳躺在藍尚恩的懷中，提起在Facebook看見的動態。

「嗯。」他一邊輕撫她的頭髮，一邊回應。

「想讓狗和孩子一起成長嗎？」

「嗯。」他撫摸她的臉頰。

「只打算養一隻？祈亞也喜歡狗嗎？」

「還會養第二隻。」藍尚恩簡短回應。

「這樣兩隻狗會不會爭寵啊？」

「所以在抱新狗之前，要先抱抱老狗，讓老狗知道我們最愛的還是牠。」

「不過有些媽媽並不喜歡新生兒和狗在一起，祈亞可以接受嗎？」

藍尚恩吐了一口氣。「我覺得，當我們在一起的時候，最好不要提到另一個人的事情，這樣對妳會比較好。」

「為什麼？」莫云諳抬頭看著他。「你說過我什麼都能問的。」

「但我不想讓妳難過。」

「你要讓我習慣難過。」

「但我不想。」

「但我終將會難過的。」最後，藍尚恩所選擇的人，都不會是她莫云諳。「所以你要讓我習慣難過。」
他看起來有些心疼，撫摸她的臉頰，親吻她的額頭。「難過不會習慣。」
而莫云諳回吻他，指尖從他的耳朵移至脖子，在他的鎖骨打轉，於是他再一次壓上她的身體，熱烈地進入她的體內。
難過不會習慣，但是會麻痺。
一個傷口只要戳到爛了，就不會再痛了。
藍尚恩說，為了不讓老狗感到難過，所以會先抱牠，才會拍拍新狗。
可是這樣，新狗很可憐。
牠剛到一個新的環境，投入百分之百的情感，卻不能夠得到一樣的愛。
但這就是所謂的，先來後到。

「林子雋離職了，妳知道嗎？」莫云諳才一到公司，田歆雯便湊過來說了這個大八卦。

「離職？為什麼？」

「嗯，原因眾說紛紜，有一說是有其他公司高薪挖角。」

「另一說則是他有了婚外情。」王宇城也靠過來碎嘴。

「婚外情？他結婚了嗎？」

「不是他結婚，是他和結婚的人妻好上了。」田歆雯補充。

「我們公司會管這種私事？」莫云諳有些訝異。

「雖然是私事，但也算醜聞啊！」王宇城聳聳肩，走回自己的位子上。

「不過我倒覺得無所謂。」田歆雯也聳聳肩。「我對於道德啦、倫理啦那些沒有很在意，我小時候道德與倫理都考不及格咧！」她講完還哈哈大笑。

「妳現在寫的企劃案也不及格。」王宇城翻開她的企劃案，然後邊說邊搖頭。

「那是我不給你追，所以你故意找我碴好嗎？」田歆雯反駁。

「誰、誰追妳！」王宇城紅著臉大喊，看起來很不服氣。

莫云諳瞪大眼睛，低聲問她：「真的嗎？」

「真的啊！」田歆雯聳肩。

王宇城氣呼呼地在後方大聲否認，辦公室的人都笑了。

中午的時候，莫云諳和田歆雯一起去吃飯，延續這個八卦話題。

「妳對於他和別人發展婚外情，沒有什麼想法嗎？」田歆雯問。

莫云諳想，大概就是那位「前女友」了吧？

但她還是搖頭。這種私事，不需要告訴別人。「我們都分手那麼久了，也沒有什麼想法。倒是妳，剛才說什麼道德倫理的，是怎樣？」

「喔，就是劈腿啦、外遇啦，只要不是發生在我身上，我是不會去評判的。因為有時候發生問題，兩方都有責任，可是先外遇的人卻總會被當箭靶。」

「我也和妳一樣的想法！」莫云諳沒有料到，居然會遇見相同想法的人。

「是吧，像是最近很多藝人被爆出醜聞，可是我覺得，管他們的私生活幹什麼？做菜的菜做得好最重要、唱歌的歌唱得好最重要、演戲的戲演得好最重要，我又不是和他們談戀愛，我評斷他們的感情觀做什麼啊！」田歆雯吸了兩口麵，又繼續說：「所以啊，我才不管林子雋跟人家婚外情，我只知道他以前帶我們這組帶得很好，之後在業務部也做得有聲有色，如果上頭真的是因為婚外情的關係開除他，我只能說實在太不知變通了。」

「畢竟公司雖然要顧形象，可是又不是跟他談戀愛，而要以公司利益為重才是，對嗎？」莫云諳順著她的邏輯說，田歆雯則用力點頭。
「對啊！云諳，沒想到妳是這麼開明的女生呢！」田歆雯哈哈大笑。
「那妳為什麼不讓王宇城追妳？」她跳了話題，回到他們身上。
「因為他啊，不是我的菜啦！」她擺著手，草草結束這個話題。

在韋涵喜宴的前一個禮拜，莫云諳一連好幾個半夜都在趕拍廣告，導致免疫力變弱，居然生了場大病。但她依然堅持戴著口罩每天去工作，在發燒的情況下完成了拍攝進度。

當天回到家，莫云諳感覺自己像是快死了，躺在床上頭昏眼花的。以前這種時候，從來沒想過要找男朋友陪伴，覺得自己能照顧好自己。

可是這一次，她卻不斷想起藍尚恩。如果他可以在身邊，該有多好？

一想到這些，莫云諳感到鼻頭一酸，趕緊深呼吸，告訴自己不能哭。

小三沒有哭的資格，不是今天，今天還不能哭。

自行吃了感冒藥後，以為隔天就會好，沒想到卻反而引發胃痛。正巧工作也告一段落，莫云諳索性請一天假，決定到大醫院去掛急診，拿個特效藥什麼的。

她拿著手機猶豫半天，心想現在是上班時間，應該沒有關係吧？於是找出藍尚恩的名字，按下撥出。

電話響了許久，他壓低聲音接起。「怎麼打給我了？」

「你不方便接電話嗎？」莫云諳悶悶地問。

「我在醫院。」

「醫院？你怎麼了嗎？」

「昨天小孩發燒住院了……」

這一刻，比莫云諳當時在月子中心看見孩子還更有真實感。

他有孩子啊，藍尚恩是有女兒的。

不論現在他和自己是怎樣的關係，未來他的妻小永遠都排在她前面。

「沒事吧？」於是莫云諳問，也只能這麼問。

「現在退燒了，在睡覺，等一下就能帶她回家。」他停頓一下。「妳呢？打給我有什麼事情？」

「嗯，沒什麼啦，只是問你要不要一起吃午餐，不過你還是照顧小孩吧。」

「真的沒事嗎？妳聲音怪怪的。」

在這種情況之下，對於藍尚恩還能發現自己的不對勁，是不是要開心？

「真的沒有啦，只是有點小感冒，你連這種小地方都能發現。」莫云諳心口糾結著、痛著。

「當然啊，怕妳覺得我不夠關心妳。」藍尚恩還開了玩笑，之後才掛掉電話。

莫云諳看著手機螢幕，上面顯示著和他聊天的視窗。

而她的名字會顯示在他的來電紀錄上嗎？她的訊息想必也是都會被刪除的吧？

他對她的關心，又能關心到什麼程度？

如果他知道自己現在很需要他，能放下孩子趕過來照顧她嗎？

絕對不可能的啊。

就算他真的放下了過來照顧她，莫云諳也不會比較開心。

她忽然覺得，胃沒有那麼痛了，與心碎比起來，這根本不算什麼。

然而隔天，藍尚恩卻跑來找她了。

即便孩子出生，他們一個禮拜也會見面三次，大多的時間都是在旅館中，偶爾會來她的套房或是去吃飯，但最後總免不了上床。

如果不上床的話，還能做些什麼？

好像沒有其他的事情可以做，他們要隨時注意周遭的目光，以防遇見房祈亞或藍尚恩的朋友。所以除了房間，幾乎無處可去。

這真的是戀愛嗎？

以前是朋友時可以在外面吃飯，可以天南地北地聊天，可以抱怨工作也可以抱怨社會，但現在除了上床，他們的話題多了很多侷限。

莫云諳不再抱怨工作，也不再任何無聊小事情都和他聊，更不會與他說著自己的感情觀、婚姻觀，更不可能和他提未來。

連進出飯店都要一前一後，連走在路上都要注意周遭有沒有認識的人。

見不到陽光，是會發霉的。

「我也好想去啊……」莫云諳靠在藍尚恩的肩膀，看著旅館電視播放的景點介紹。那是一個充滿陽光的島嶼，一切看起來都是如此溫暖。

「去哪裡？」藍尚恩摸著她的頭髮。

「旅行啊。」

他輕描淡寫地帶過。「妳可以找朋友和妳一起去。」

「是啊……」

他們兩個陷入了沉默。是啊，說這些幹什麼呢？

兩個人根本不可能去旅行。

藍尚恩見莫云諳不說話，忽然將她壓在身下。

「幹什麼？」

「我以為妳哭了。」

「我說過了，不會哭的。」莫云諳明白自己的立場，將自己的唇湊上他的。

若想要和他在一起，就不能顯露自己的嫉妒。

名為嫉妒的星星之火，會將他們的愛情燃燒殆盡。

第十章

韋涵結婚那天，身為伴娘兼好友的莫云諳比韋涵的新祕還要早到。她一面張羅著韋涵的禮服，一面幫韋涵做臉部消水腫的按摩。

「我好幸福啊，嫁給最愛的男人，還有好友幫我按摩。」她閉著眼睛一臉享受。「對了，今天喜宴睜大眼睛，看看有沒有妳喜歡的，我可以幫妳引薦。」

「引薦妳個頭啦，今天主角是妳吔！」莫云諳順勢拍了兩下她的臉頰。

「伴娘也可以是主角之一呀！」韋涵從鏡子裡面看著她。

「好了啦，別擔心我，想想妳自己就好了！」莫云諳湊在她臉頰邊，對鏡中的她露出微笑。

「云諳，是我的錯覺嗎？」她的手摸上莫云諳的臉。「妳好像變得很憔悴。」

莫云諳嚇了一跳，趕緊往後退。「大概最近比較忙，加上素顏的關係吧。」

「是嗎？」韋涵轉過頭。「可是我覺得妳好像有一點不快樂吔……」

「不快樂？我有嗎？」

「我很早之前就覺得有些奇怪。」韋涵站起來，但因為禮服過於厚重，沒有辦法移動太快，恰巧這時新祕從門外進來。

「抱歉，我晚了一些！」

太好了。莫云諳趕緊要韋涵快坐好，並告訴新祕她可以自己化妝，不需要再處理她的部分。

「真的嗎？」韋涵狐疑。

「嗯，當然嘍，主角是妳啊，妳漂亮最重要。」莫云諳拿起自己的伴娘服逃去另一間房。

躲進暫時能夠獨處的房間後，莫云諳吐了口氣，看著鏡中的自己，是真的變憔悴了嗎？

現在不是想這個的時候。她趕緊換上白色的伴娘禮服，然後走到鏡子前，拿出隨身的化妝包，將臉上的底妝打好，簡單弄好妝後才回到韋涵的新娘房。

韋涵看見莫云諳的妝很不滿意，堅持新祕先幫她完妝。莫云諳當然推託了，但韋涵說這是在浪費時間，真是拿她沒辦法，只好坐下來讓新祕幫忙補妝。

韋涵一邊玩著手機，一邊和她聊天說話，都是一些無聊的瑣事，但最後她卻忽然說了句：「所以妳是和誰談戀愛？」

「我沒有談戀愛啊。」

「我知道妳有，莫云諳，我和妳認識多久了。」韋涵繼續玩著手機。

莫云諳尷尬地看著眼前的新祕。她淺淺一笑，表示把她當作空氣沒關係，新祕有耳無嘴。

「那不算男朋友。」

「為什麼？對方沒有表白？」韋涵停頓一下滑著手機的手指，好奇追問：「還是他不是單身？」

大喜之日，不用說這些。

「都不是，反正有點複雜，下次有機會再跟妳說。」新祕補妝也正巧完畢，莫云諳起身看著鏡中煥然一新的自己，佩服新祕的功力。

「妳下次就不會說了。」韋涵嘟囔。

「反正妳只要記得，我還是那個女人當自強的莫云諳就是了。」莫云諳說給她聽，也同時說給自己聽。

當賓客入座，他們站在喜宴廳的大門後準備，莫云諳回頭看了眼站在最後面、美麗動人的韋涵，她正帶著笑容在和梁育程說話，一旁的梁育程簡直像是傻瓜一樣，看著他的新娘不停傻笑。

「新人進場！」司儀的聲音從裡頭傳出，工作人員打開兩邊的門，美麗的泡泡布滿會場。伴娘與伴郎先進場，不認識的伴郎勾起莫云諳的手，對她淺淺一笑。

他似乎是梁育程的死黨，莫云諳也回他淺淺一笑，然後邁向紅毯。

她站在鎂光燈的焦點下，身穿伴娘禮服，身邊勾著的卻是一個不認識的人。

這一條紅毯之路，莫云諳走得忐忑，走得不踏實。抵達定位之後，她和伴郎分別站至左右兩側，迎接新郎和新娘。

眼前的韋涵和梁育程臉上洋溢著幸福的笑容，周遭是賓客們的祝福與掌聲。

而莫云諳真正的愛情，卻永遠都沒有辦法攤在陽光底下。

永遠永遠，得不到光明正大的祝福。

在這個瞬間，莫云諳痛徹心腑，也無地自容。

有東西在她的喉間直往下壓，然而胸口的那一股悶氣卻往上衝，兩股同樣強烈的氣息卡在心口，動彈不得。

二十八歲，快要二十九了，朋友們一個個步入禮堂。

自己呢？

還在當別人的小三，談一段不可能有結果的戀愛。

莫云諳計畫中的人生並不是這樣，她要的也不是這樣。

她只是希望可以談一場全心愛著對方，對方也愛著自己的戀愛；只是希望當愛情逐漸成為親情的時候，可以一起熬過那不冷不熱的死寂，可以一起克服所有問題，牽著彼此的手一同回家，最後陪伴對方到終老。

然而如今，她卻在一個無名的小店之中，找不到回家的路。

．．．

「你今天有空嗎？」莫云諳傳了訊息。

「今天晚上祈亞的同事要來，所以我必須回家。」藍尚恩回。

「那明天可以嗎？」

「明天我高中同學要來家裡看小孩。後天呢？」
不行，後天莫云諳的決心可能就沒了。
「那今天中午。」
「怎麼了嗎？」
「沒事不能找你嗎？」
「當然不是。」藍尚恩停了一分鐘。「那我中午過去。」
莫云諳貼了個OK貼圖，往椅背一癱，深深吐一口氣。
中午的時候，藍尚恩在簡餐店等著，莫云諳揚起一抹微笑。他已經幫她點好餐點，不需要問也知道莫云諳會想點什麼。
「我有看見妳放在臉書上的伴娘照片，很漂亮，怎麼不傳給我呢？」他問。
傳給你又能如何？
你也只是當下看看罷了，你能存起來嗎？
你會留戀地再三回味嗎？
兩個人之間沒有任何合照，一切都只在記憶之中，然而記憶也是會褪色的。
「傳給你，我擔心你會亂想。」莫云諳拿起筷子，挾了一口菜。

「亂想什麼？」

「我穿著白紗，怕你會以為我在暗示你什麼。」

「我不會亂想。」

「藍尚恩，我只有你，只要你在我身邊，我就不可能去看其他人。我的心很擁擠，只容納得了一個人，所以我不明白，你怎麼有辦法在心裡面塞兩個人。」莫云譛低聲說著，握著筷子的手掐得好緊。

藍尚恩臉色一凜。「比較是沒有意義的。」

「我知道沒有意義，所以我從來不會問你比較愛誰這種蠢問題，我也不想知道答案。」莫云譛放下筷子。

不是今天，不是今天，今天還不能哭。

「我們分手吧，藍尚恩。」莫云譛覺得就連說出這句話都很奇怪。嚴格說起來，他們真的在交往嗎？

而且沒想到這句話，會對同一個人說兩次。

藍尚恩沉默很久，盯著她看，沒有回答。

「我們分手吧，我已經沒有辦法……」莫云譛一點也吃不下桌上的食物，拿起包包就要起身。藍尚恩卻喊住她。

「之前妳說過想要一起旅行對吧？」

「我知道那是不可能的事情，現在說這個也沒有意義了。」她扯出笑容，希望在最後，留給他的是微笑。

「如果是下禮拜的六、日呢？兩天一夜。」

莫云諳瞪大眼睛。自從「交往」以來，他們幾乎不曾在週休日出去，因為週末是屬於家人的日子，況且還要過夜。這是怎麼回事？

「藍尚恩，你不用這樣……」

「下禮拜六、日，妳把時間空出來，行程我來排。早上八點我會去妳家接妳。」他站起來，壓著莫云諳的肩膀讓她坐下。「把東西吃完吧。」

莫云諳搞不懂他在想什麼，為什麼此刻才在說旅行的事情？

看著他的臉，她認為自己很了解他，兩人在各方面也都很契合，可是有時候，莫云諳真的猜不透他在想什麼。

於是，在下個禮拜六、日來臨以前，依舊維持這樣的「親密關係」。奇怪的是，他待的時間越來越晚，有時候甚至會到十二點，直到莫云諳催促他該回家了，他才慢吞吞地穿上衣服，卻又不捨地回頭親吻，折騰了一下後才離開。

這……算是一種延長的分手炮嗎？

因為之後就要說再見了，所以在最後想留下美好的回憶嗎？

莫云諳又開始心軟了，覺得這段關係持續下去好像也沒關係。

在某個尋常的加班日，當她回到家，發現家門口放了蒜頭和地瓜，以及都華央的紙條。

她笑著去按了都華央家的電鈴，卻沒有人應門，於是她把東西拿到屋內，鎖好門窗，打理好一切準備要睡之時——

喀喀——

莫云諳停了腳步，狐疑地轉過頭看著大門。那裡傳來奇怪的聲音。

喀喀——

再一次，外頭的鐵門傳來聲響，像是有人在敲著鐵門……不對，應該是有人用鑰匙開著鐵門。

莫云諳心臟狂跳，抬頭看了時間，已經凌晨一點多，不可能會有人來開她的門，更別說沒人有她的備份鑰匙，門外那是誰？

她戰戰兢兢，輕步來到貓眼前，一個不認識的男人左搖右晃，一直企圖打開她的房門。

頓時她臉色慘白。對方看起來像喝醉，但莫云諳不敢貿然回應，要是發生什麼事情怎麼辦？

她趕緊拿起手機想要求救，內心第一個浮現的就是藍尚恩，可又隨即一愣。現在很晚了，她不能打給他；就算打給他了，他能來嗎？

所以莫云諳傳了LINE訊息給他。門外的聲音不間斷，對方似乎還沒搞清楚開錯門，以為自己打不開，氣得捶了鐵門，發出巨響。

莫云諳嚇得全身忍不住顫抖。藍尚恩依舊未讀，忽然間，她覺得好寂寞。

都華央呢？都華央在家嗎？

她想傳訊息給她，手指卻停下了。

何必去驚嚇另一個女孩？如果她在家，她也會聽到。而她沒有敲莫云諳，表示她也不在，這樣子的話，又何必跟她說呢？

莫云諳又點開了藍尚恩的視窗，依舊沒有已讀。

她咬著下唇，那瘋狂的拍門聲與自己的心跳重疊，重重打著。

明明有男朋友，卻要對外說單身。

內心明明有人可以依靠，卻不能隨時隨地聯絡。

在最需要幫助的時候、脆弱的時候，他都不在，他也不能在。

自己明明該是很堅強，卻在此刻那麼孤寂。

莫云諳看著毫無溫度的手機。另一頭的藍尚恩，此刻正擁著溫暖的妻小，而她在這裡瑟瑟發抖，只能逼迫自己堅強，自己解決。

最後莫云諳報警了，請警察將那喝醉的男人帶走。透過貓眼，看著男人離去後，警察按了電鈴，她開了一個小小的縫，感謝他們。

關上門後，莫云諳倚靠著門邊滑落，抓著自己的胸口。手機震動，藍尚恩傳來訊息。「剛剛不方便用手機，妳怎麼了嗎？」

莫云諳好想哭，好想放聲大叫，但最後卻還是只能說：「沒有，只是要跟你說，晚安。」

她咬著下唇，不能哭泣，不是今天，今天還不能哭。

但她要記得今天的感覺，若不想再次嘗到這般無助、這般求助無門，那就該下定決心。

幾天後，莫云諳按下了都華央的電鈴。前一陣子當她和藍尚恩外出時，曾經遇到都華央和她男友，加上之後幾次都沒見到面，莫云諳認為，還是該跟她告個別。

都華央開門時帶著笑容，想來是把她給認錯了。

「妳男友在嗎？我方便進去嗎？」

「啊，當然歡迎！」都華央往後一退。「我們好久沒有聊天了吔。」

「是呀，最近妳男友都在，所以我也不方便。」莫云諳好羨慕他們。

「嗯，他不是我男友啦。」沒想到都華央卻這麼說。

「不是妳男友？可是我……」莫云諳一愣。她明明聽到過幾次床板的聲響以及他們的歡愉。「但是這裡隔音不好，所以……」

這下子換都華央臉紅了。她拿了兩罐啤酒過來。「抱歉，我們會小聲一點。他是我國中同學，重逢了以後因為一些原因，現在就是……會上床的朋友，這樣。」

莫云諳愣了，沒想到以為會談場清純戀愛的鄰居，在感情方面如此放得開。

但即便如此，也是都華央的選擇，只要自己看得開就沒有關係。

「大概是因為我戀愛得也很累了吧！」都華央沒想隱瞞。「有時候，我也會有點暈船。」

「在船上久了，都會暈船的。即便原先就知道不該暈船，可是，我們哪能預知海浪所帶來的衝擊呢？」

原來，她們都一樣。

穿著一雙好鞋期待路途平坦，卻在愛情路上走得坑坑疤疤，弄痛了自己。

「妳怎麼了嗎？」都華央問。

「哦，沒什麼啦，我最近有點……不順遂，原本想來沾沾妳愛情的甜蜜。」莫云諳苦笑。「不過能沾到妳的果斷和明白自己要什麼的心，這比甜蜜重要多了。」

「妳發生什麼事——」都華央止聲，感受到莫云諳不願說，所以改為握住她的手。「無論怎麼樣，我相信妳都會找出最好的方法。」

「謝謝妳。」莫云諳誠摯地笑了下，喝完那罐啤酒。「那我走了。」

「好，下次見。」都華央在門口送她。

但她不會知道，莫云諳決定離開這裡了。

若要和藍尚恩分手的話，她得整個人消失才行，租屋、公司、手機號碼等等，全部都要撤換。

等到這次兩天一夜之後，藍尚恩將再也找不到她。

———

週六早上，藍尚恩準時出現在莫云諳家樓下。她帶著奇怪的心情赴約，藍尚恩下車把行李放到後車箱，接著竟肆無忌憚地湊上前親吻她的臉。

「你幹什麼？」莫云諳趕緊推開，驚慌地看了看周遭。「你不怕被看到？」

「這麼早，不會有人。」

「你好奇怪啊，為什麼這陣子這麼奇怪？不要我們努力了這麼久，分手前卻曝光。」在車上時，莫云諳跟他這麼說。

而藍尚恩沒有回應，車子一路駛上國道。

車子駛上國道時，莫云諳開口詢問：「我們要去哪裡？」

「花蓮。」他露出微笑。「我以前在花蓮當兵，常常去七星潭，那時候一直在想，以後要帶女朋友去那裡看看。」

「你可以帶祈亞去。」

「她不是女朋友。」藍尚恩巧妙地避過這問題。

算了，最後的最後，為什麼不放過自己呢？

還提起這些幹什麼，就當作是一場不用顧慮的道別旅行吧！

花蓮的空氣清新無比，天空也湛藍得像是假的。他們站在七星潭邊，風吹得莫云諳頭髮飛揚，而藍尚恩搭著她的肩，說著他當兵的過往，兩個人就像是普通的情侶一般。

「所以我是你第一個帶來這邊的女生嗎？」莫云諳問。

「是啊。」他親吻她的臉頰。

陽光明媚，周遭還有其他遊客，這就是她一直盼望的戀愛，光明正大，在太陽底下。

兩人牽著手在海邊漫步，途中，莫云諳拿出手機想拍下美麗的海浪與藍天，藍尚恩接過她的手機。「我幫妳拍吧！」

「好啊。」莫云諳將手機交給他，走到前方張開雙手。

「一、二、三。」他笑著拍了好幾張，還故意在她走近的時候連拍，莫云諳氣得捶了他一下。

「不好意思，可以幫我們拍一張嗎？」一旁的情侶過來搭話，藍尚恩答應了，接過對方的手機幫他們拍了合照。

「謝謝你們，需要幫你們也拍一張嗎？」情侶如此問，莫云諳立刻搖頭。

「沒關係。」對他們來說，合照是危險的。

然而藍尚恩卻拿出自己的手機，交給對方並回了句：「那就拜託了。」

莫云諳瞪大眼睛，抓了藍尚恩的衣角。

「你在想什麼啊？」她輕聲說著。

「人家都說要幫我們照了，不照說不過去吧！」他笑著，攬上她的肩，在藍天大海的背景之下，拍了他們的第一張合照。

「我把照片傳給妳吧。」

傳了以後，他就會刪掉吧？

「嗯，好啊。」

下意識地，他的每一個行為動作，莫云諳都會解讀其背後的意思，以及之後的處理方式，這令她痛苦。

但這份痛苦已經在倒數了。

在七星潭，兩人拍了很多合照，這幸福感很不真實，莫云諳從沒想過，如此奢侈的願望有一天竟也能成真。

而後他帶莫云諳去吃了有名的炸彈蔥油餅，還去了日治時代的寺廟，最後開了很長一段路來到六十六石山。

「妳說過不喜歡男人送花，那我帶妳來看一整片金針花，妳會生氣嗎？」他兩手攤開，而莫云諳驚豔著整座山頭滿滿都是橘黃色的花海。

「天啊！藍尚恩。」莫云諳笑得開心。

她覺得好幸福，他牽著她的手走過每座涼亭，烈日太陽底下，兩人相視而笑的簡單幸福。

途中，藍尚恩的手機響過好幾次，震動到讓莫云諳都無法忽視，可是內心卻有個小小的聲音在低喊：只要這兩天就好，不要破壞我幸福的假象。

藍尚恩沒有接過電話，就像一般的情侶一樣，在這裡拍照、擁抱，而他，在最高的涼亭起霧的時候，親吻了莫云諳。

晚上的住處是位在這座山裡的一間民宿，當藍尚恩去洗澡的時候，莫云諳靜靜地整理著行李，覺得一整天的夢境就要醒來。

今晚入睡之後，明天就是現實了。

「喂，要不要一起洗？」忽然，藍尚恩從浴室探出頭。

「不要啦，我會害羞。」

「沒關係吧。」他大剌剌地走出來，把莫云諳拉進浴室，將她的衣服脫掉。

當兩人都泡在浴缸的時候，藍尚恩的手伸出去拉遮蔽浴室窗戶的簾子，莫云諳趕緊問他要做什麼。

「放心，不會有人看見的。」他說，簾子一拉開，出現的是滿天星斗。

「我們總是在看星星呢。」莫云諳靠在他的胸膛。

「嗯，我們跟星星很有緣。」藍尚恩親吻她的頸肩。

「等一下要出去看嗎？」她輕輕呻吟。

「看星星不急，現在還有別的事情要做。」他將莫云諳的臉轉向自己，炙熱的唇隨即便覆蓋上來，在熱水之中撫摸她的身體。因為高溫，使得莫云諳更加敏感，肌膚熱得紅透。

後來出了浴室之後，兩人也沒有再去看星星，而是又在床上滾了幾回。

「云諳……」當他在她身體裡忘情衝刺的時候，莫云諳聽見他呢喃出的名字。

該是甜蜜的，但莫云諳卻心痛無比。她不想忘記他的聲音、他的懷抱、他的體溫或他的重量，所有的一切，都不想放手。

激情過後，兩人各自躺在床的一邊，沒有說話、沒有依偎。

他們各自想的東西是不是一樣？

他有沒有曾經壓在自己身上的時候，腦中閃過房祈亞，或是他的女兒？

每次的溫存以後，回到家裡親吻房祈亞、擁抱女兒的時候，會不會想到自己？

他，有罪惡感嗎？

莫云諳從床上離開，走到沙發邊拿起衣服，背對著他。

「藍尚恩，我們都知道，這樣繼續下去是不行的。」

她穿上衣服，轉過頭看著他。

藍尚恩沒有回話。他坐在床沿，盯著她看。

「我們走到最後，就只有兩條路，分開跟被發現。」莫云諳知道不會有離婚這條路，而她也不可能去跟房祈亞攤牌。

她不想傷害藍尚恩，也不想傷害房祈亞。

寧願被傷害，也不要傷害人。

雖然她的行為已經傷害了房祈亞，可是只要不被發現，房祈亞依舊能擁有完整家庭的幸福，不是嗎？

莫云諳強忍著心痛，扯出一抹難看的微笑。「不用在意我，一開始我就知道你有家室，所以我可以——」

「妳不要擅作主張！」藍尚恩卻忽然對她大吼。

莫云諳嚇了好大一跳，整個人都抖了下。這是他第一次對她大聲。

藍尚恩見著莫云諳的反應立刻愣住，他懊惱地用力搖頭，將臉埋在手掌之間。「我……還沒有辦法下決定，我沒有辦法決定……」他龐大的身軀，在此刻看起來如此渺小。

莫云諳走過去，蹲在他的面前，手放在他的膝蓋之上。「藍尚恩……」

他抬起頭來，莫云諳驚訝地發現，淚水竟在他眼中打轉。她內心震驚不已，藍尚恩的表情難受萬分。

「我沒有辦法在這時候離開她們，也可能一輩子都沒辦法。」他抱住莫云諳的腰。「可是，我也放不開妳，我不想要分手……好不容易，這麼多年了……好不容易妳才喜歡上我，才能和妳走到一起。」

「你在說什麼啊？藍尚恩。」莫云諳被他嚇到，伸手安撫著他的背。

「我從大學時候就一直很喜歡妳，才會故意告訴妳張澤獻的事。我知道張澤獻根本沒有怎麼樣，但我故意用那種方式讓妳產生懷疑。」藍尚恩的淚水滴落。「我以為妳會分手，結果妳沒有。我以為妳和我出軌後，妳會選擇我，但妳還是沒有。我每一次、每一次都想盡辦法，就只為了讓妳多看我一眼。」

他站起來，捧住莫云諳的臉。「重逢後，妳有男友，妳總是有男友！我不能重蹈覆轍，因為妳永遠也不會選我，可是為什麼、為什麼……為什麼在事情無法挽回的時候，妳才告訴我妳單身了？妳才願意轉頭看我一眼？妳才願意選擇我？妳才決定要愛我？」

「藍尚恩……」

「莫云諳，我從以前就一直愛妳啊！我是因為知道妳在那附近上班才申請調職，妳知道我在公司附近看見妳幾次了嗎？我光是要重新和妳打招呼，都花了好幾個月才鼓起勇氣。我不要分手，我不會放手的！」

莫云諳幾乎無法呼吸。

這是藍尚恩第一次在自己的面前流露情緒，說出真心話。

原來……他從大學時代就一直喜歡自己了嗎？

所以那些舉動，提議出軌，都是因為愛？

明明在她說分手的時候，藍尚恩什麼表現都沒有啊！

不，他選擇消失，永遠消失在她的生活圈了……

為什麼天不從人願，為什麼過去無法倒帶重來？

「不要到了這個時候，才說你愛我……」莫云諳捂住自己的臉。

藍尚恩抓住她的手腕，親吻著她。

「不要在我下定決心了以後，才說這些話要留住我。」她用力要推開藍尚恩，可是藍尚恩不放手，更加用力地抱著她。

「你能不能在我下定決心的時候推開我，而不是抱緊我?!」她大喊著，但藍尚恩只是更抱緊她。

他拋棄不了房祈亞和女兒，也放不開莫云諳，但這只會讓整件事情陷入更複雜的死胡同之中。趁著現在還沒有被發現，趁著還不到最糟的時候，趁著彼此都還有愛的時候——分手，這樣才是最好的。

即便很捨不得，可還是要學會捨得。

和藍尚恩的這兩段戀情，就算到死，她也不會後悔。

是他教會自己，原來一份愛可以如此幸福又痛苦，如此奮不顧身，然而也能如此畸形。

也許愛情裡需要的是寬容，而不是審判。

莫云諳緊緊擁抱住藍尚恩，告訴自己，就是今天了吧，就是今天了。

於是她失聲大哭，這些日子以來的淚水都在此刻宣洩殆盡。

「我愛你。可是如果不能給我全部，我就不要，我不要殘缺的你……」

藍尚恩用力抱住莫云諳，啃咬她的頸子，舔舐她的鎖骨，再次將她壓到床上。

「我不會跟妳分手。」他的淚水滴上了莫云諳的臉頰。

「我們分手吧。」她的淚水與他的混雜一起。

尾聲

我最近時常想起，剛和尚恩在一起時，我曾經問他：「為什麼會喜歡我？」當時他回答：「妳某個角度很像我以前喜歡的人。」

我記得當下的反應是大笑，尚恩也在笑。我喜歡他開的任何玩笑，那讓我覺得他非常有趣。

也就只有那次，他這樣回答。之後他總是說：「沒有理由。」

可是最近，我時常想起最初的那個回答。

「我回來了。」尚恩在晚上十一點多回到家，臉有些泛紅。

「你喝酒了？」我挺著肚子想幫他脫掉外套，他卻拒絕。

「妳可以先睡，不用等我。」他一邊隨意將外套丟在沙發上，一邊扯掉領帶，走到冰箱拿了冰水出來。

「反正我都很晚睡，我也想和你一起睡啊。」我打了一個哈欠。尚恩瞇眼，看起來有些不高興。

「妳懷孕，要早點睡，這樣小孩才會健康。」他喝了一口水，走過來溫柔地撫摸我的肚子。「這樣妳也才有體力。」

我的內心，因為他這溫柔而泛起甜蜜。「我知道了啦。」

「那我去洗澡。」他笑了，將衣服全脫在髒衣籃之中，水龍頭的水聲嘩啦嘩啦地落下。

我將他的西裝外套掛在衣架上，小心地將上頭的皺褶拍掉，想起他已經積了好幾件白襯衫要洗，就順便將髒衣籃的襯衫拿起來。

就在那個瞬間，我聞到了一股特別的香味。

我看著白襯衫，將鼻子湊近嗅了嗅。上頭真的有股甘甜的香味。

我內心一揪，眼前一片黑暗，但很快便驅走了。

「尚恩，」我發出聲音，但他沒聽到，於是我打開浴室的門，他正用連蓬頭沖著頭。「尚恩。」

「哇！嚇我一跳。」他用水沖去臉上的泡沫。「幹麼？」

「你今天去哪裡了？」

「不是說了，見客戶啊。」他擠著沐浴乳，指著濕地板說：「妳不要進來喔，地板濕答答的，等一下滑倒。」

「你的襯衫怎麼有女人的香水味？」我問著這句彷彿懷疑他清白的話。

「怎麼可能！」尚恩一副我問了白痴問題，只差沒有翻白眼。

於是我退後，關起門，再將那襯衫靠近鼻子聞。那香味彷彿就瞬間不見了一樣，剩下的都是我的多疑。

但是往後，尚恩開始自己清洗襯衫，他會在洗澡的時候拿著冷洗精和洗臉盆進去，將襯衫泡在裡頭，再拿去陽臺晾乾。

他說，不想讓挺著肚子的我太辛苦，多少想分攤家務。

但衣服是用洗衣機洗的啊，能多辛苦？

女人的第六感，有時準確得可怕，卻又可悲。

———

我從沒想過，自己會如此深愛一個人，還能和他共組家庭。

這是我這輩子最幸運、最幸福的事情。

那間大公司的酒會我原本不想去的，我有另一個約會，是聯誼認識的小開，有錢又長得不錯，對方很喜歡我，原本想說可以跟對方玩玩。

可是文小宣說那個客戶很重要，一定要去，所以我決定多喝一點高級的酒，最好還可以釣到另一個帥哥或有錢人，那才夠本。

然後，我在酒會上遇見了莫云諳。以前曾和她共事過一年，但也僅止於此，和她並不合拍，她離職了以後也沒有再聯絡。

不過那晚簡直是我人生的轉捩點，契機也是因為莫云諳，這還真是不可思議。

藍尚恩出現了，我能說那幾乎是一見鍾情，在莫云諳介紹他的時候，我眼中誰也看不到了，只看見閃閃發亮的藍尚恩。

而後藍尚恩跟我要了聯絡方式，我們互加臉書好友，那真是我這輩子最快樂的時光。

我們玩遍了臺北所有景點，還去山上看夜景，他曾在大庭廣眾之下偷親我，也曾和我半夜聊天聊了兩、三個小時，結果隔天兩人上班都沒有精神。

當他的臉因氣溫過低而變紅時，我會搓著自己的手心，用溫熱的體溫覆蓋在他的臉上。他會抓住我的手，對我說很溫暖。

我很愛他，這輩子不會再這麼愛一個人了。

所以當我發現自己懷孕的時候，真的非常驚喜，喜極而泣地拿著驗孕棒衝出浴室，哭著緊緊抱住他。

他稍稍愣了一下，接著回抱我，在我耳邊說了句：「太好了。」

「那我們……」

「先公證吧。」

因為擁抱著，我看不見他的表情。

懷孕的關係，我沒有辦法減肥，所以說好了婚紗等之後再拍，婚禮也等以後再舉辦。

他買了只非常漂亮且昂貴的戒指給我，套在我的無名指上。每每看著那戒指，就會讓我幸福滿溢。

我原本想在臉書公開這個令人開心的消息，尚恩卻阻止了我。

「懷孕三個月內都不要說比較好吧？」

「你這麼迷信喔。」我笑他。我知道他是低調的人，可是獲得了幸福，不就是會想高調公布自己的喜悅嗎？

但因為我很愛他，所以他說什麼，我都可以接受，什麼都能做。於是我一改自己高調的個性，加上懷孕後很多事情需要注意，曾經是我生活重心的臉書，居然也逐漸被我荒廢。

尚恩看了很多資訊，注意哪些食物對孩子好、哪些不好，也買了孕婦專用的東西，包含了托腹帶、孕婦專用內衣褲、彈性醫療襪以及除妊娠紋霜等等。

我常一邊搽著妊娠紋霜，一邊指著肚皮上細細的紋路，問尚恩：「你會不會嫌棄我？」

他每次聽了，總會溫柔地抱著我，親吻那些妊娠紋，然後說：「怎麼會呢？這些可都是孩子存在的證據。」

懷孕以後我變得很愛哭，就算只是這點貼心的話，總可以惹得我不斷哭泣。尚恩就會笑著拍拍我的背，躺在他的懷中，我便心安。

「我明天晚上要帶客戶去看房子。」

「又要看房子？」六個月的肚子還不是很明顯，我翻閱著嬰兒用品目錄，抬起頭問：「最近怎麼常常要晚上帶客戶看房子？」

「什麼人都有，反正有事情隨時打給我。」他這麼說。

「好，別太晚回來喔。」

「這不是我能決定的，要保佑那客戶不難纏吧。」他笑著說，同時靠過來摸摸我的肚皮。

其實，真的就是那微小的一點，那不屬於我的味道，也不屬於他的味道。

我只聞過那一次，後來再沒有出現過。

很久以前，尚恩也曾經因為跟客戶的約定而取消和我的約會，況且他的工作本來就很難有固定下班時間，我一個人煮好飯等他回來，最後卻還是自己一個人吃的機會也很多。

我每天都會和肚子裡的寶寶說話，說著我多愛她爸爸，說著我和尚恩認識的過程，還說了一些我小時候的事情。

有時候等著等著，我在沙發上睡著了，尚恩回家後看了會很不高興，說讓我不要等他，這樣太累了。

「可是我不覺得累呀。」我總是笑著這樣說，覺得很幸福。

到外面餐廳吃飯的時候，他會停在餐廳門口先讓我下車，再去停車場停車。他捨不得我走那段路，我卻想陪他走那段路，所以我會拉著他的手，對他說：「我想陪你嘛！」

這時候，他就會露出拿我沒辦法的神情。停好車之後，我們會牽著手一起往餐廳走去。

那些美好不是假的，那些相愛的曾經也仍歷歷在目。

那為何現在，尚恩會外遇了呢？

夜深人靜時，我從床上起身，看著在一旁熟睡的他，躡手躡腳走到他的床邊，然後小心翼翼打開他的手機螢幕。

密碼。

我猜測是自己的生日，錯誤。他的生日，錯誤。

於是我關上手機螢幕，回到床上，蓋上被子。

抓緊著被單，咬著牙不讓自己哭出聲音。

我知道他每次說著見客戶，有時候其實是謊言，我也知道他偶爾會趁我睡著之後悄悄離開房間，去和別人通電話。

我聽過，在某次經過時我曾不小心聽見，他的私語混雜著笑聲，可是我沒有勇氣推開門。

好像推開門，就會看見自己編織的幸福……背後的真相。

有一次，他忘了關手機螢幕，我立刻趁他不注意時想偷看他的 LINE，可是，他的 LINE 有密碼。

我只好跳出來，卻發現剛才原本沒有未讀訊息符號的 LINE，現在有了一個訊息，接著變成兩個。

但完全沒有訊息跳出在螢幕上頭提示。於是我拿起自己的手機，傳了一個貼圖。他的螢幕上頭出現我傳來貼圖的提示，我趕緊又打下：「我新買的貼圖。」

同樣的訊息提示依然跳了出來，也出現我寫的那段字。

他，關掉了某人的訊息提示。

我沒有問，不能問，我們的小孩就快出生了，現在不是質問的時候。

而且有可能，那只是廣告訊息，我也會把廣告訊息的提醒關掉，光憑這些並不能證明什麼。尚恩就算再晚回家，終究也都還是會回家。

———

「我想養狗。」我說。

「狗？可是小孩快生了。」晚歸的尚恩皺眉。

「我從小就希望家裡有隻狗，現在有了自己的家，所以我想讓狗和孩子一起長大。」我摸著自己的肚皮。

「嗯，如果妳想的話。」尚恩同意。只要是我的要求，他大多都會答應。他很溫柔，對我很溫柔。

於是我們領養了一隻狗，是吉娃娃，牠會趴在我的肚皮上睡覺，在每個尚恩晚歸的夜晚，只有牠和孩子陪著我。

後來我說，等孩子出生之後，我想再領養另外一隻。

「會不會太多隻？小孩和兩隻狗，我們會忙不過來吧？」尚恩摸著我的肚皮，另一隻手則摸著吉娃娃的頭。

「我想要熱鬧一些，不然家裡時常只有我。」我扯出微笑。尚恩沒有回應。

孩子出生的那天，尚恩在急忙中送我去醫院的時候，我瞄見他正傳著訊息。這麼緊急的時刻，他還在傳訊息給誰？

但是我太痛了！痛到無暇在意那些事情。尚恩將手機放到口袋中，握緊我的手，另一手替我擦拭額上的汗。

「我在這邊。」他說，讓我流下眼淚。

在這個當下，我的情緒變得很怪。是啊，他在這邊，他還在這邊就好。

孩子出生後，看著尚恩抱著孩子的模樣，我覺得一切都值得了。好像我活了這麼久，就是為了這一刻，看心愛的男人抱著我們的孩子。

我天真地以為，尚恩的外遇會隨著孩子出生而結束。但是當我待在月子中心的時候，他又說起晚上要開會，我忍不住開口問：「怎麼有這麼多的會要開？」

「以前不就這樣了嗎？」他幾乎沒有猶豫，立刻回答。「還是我乾脆換個朝九晚五的工作，這樣才有更多時間陪妳和孩子？」

聽他這麼說，好像我的懷疑都是假的，他總能說出讓我安心的話。

「孩子出生以後，開銷更大了，還是現在這份工作比較好。」我這麼說。

「所以偶爾就是會這樣開會。」他說。

平常的上班日，他不會來月子中心陪我過夜，偶爾下班後會來一趟，星期五、六才來過夜。

某天夜裡，他在月子中心過夜的時候，我做了一個噩夢，驚醒後睜開眼睛，卻發現他不在身旁。

浴室的燈亮著，傳來輕細的說話聲。

我再一次躡手躡腳地靠向浴室，將耳朵輕輕貼在門板上。

那門板是塑膠做的，隔音效果不是很好，他開著水龍頭，嘩啦啦的水流聲導致他的聲音有些不清楚。

「好想見妳。」

我聽見這句話的瞬間，排山倒海的醋意、妒意、怒氣全部湧上。我趕緊跑回床上，動作輕得不讓他知道我曾起來過，連睡姿都趕緊擺得跟剛才一樣。

大約五分鐘後，他離開浴室，走回床邊將手機放在一旁，然後躺下來。

幾分鐘後，傳來他平穩的呼吸聲，彷彿一切船過水無痕，而我痛徹心腑，強忍著想要大叫、哭喊的衝動，閉上眼睛，深吸氣後再吐氣。

我猜測過好幾個可能成為尚恩外遇的對象。

包含第一個來月子中心看我的文小宣，她當年曾經跟我說過尚恩不錯，是她的菜。當她抱著我們的孩子，一臉雀躍的表情，甚至要求尚恩幫她拍照好讓她上傳臉書恭喜我們的時候，我又覺得應該不會是她。

還有一個尚恩公司的後輩，她總是一臉崇拜地看著他。以前我們交往的時候，她曾經半夜喝酒後打電話找尚恩聊天，那時我很生氣，但尚恩卻哄著我。

不過當她帶著另一個男生一起來月子中心看孩子的時候，我又覺得不是她。她對尚恩的態度，好像真的就是對前輩的崇拜。

接著，尚恩高中的學姐也來了。

尚恩跟我說過，他以前和學姐交往過一段很短的時間，但當學姐的手自然地擺在尚恩肩膀上時，我又覺得不是學姐。若真的是她，她不會如此大膽地在我面前表現這一幕。

之後連莫云諳也來了，一個人來到月子中心。我也懷疑過她，因為她和尚恩是大學同學，也許他們在學生時代曾有過什麼曖昧，只是我不知道。

「妳要抱抱孩子嗎？」所以我故意這麼問。

「不了！小孩這麼小，我會怕。」莫云諳慌張地婉拒，問我們：「你們取好名字了嗎？」

「取了。」尚恩說。

「對了，恭喜你們吔，實在不可思議。」她從包包拿出紅包交給尚恩。

「不用啦，幹麼這樣客氣？」尚恩搖頭推拒。他也推拒了其他人的紅包，不過最後還是都被迫收下。

「那祈亞，就給妳嘍！」莫云諳笑著將紅包塞給我，順手摸了摸我女兒的額頭。「超可愛的啊！」

「因為是祈亞生的啊。」尚恩在一旁說，笑得無比驕傲。

所以也不是她，不是莫云諳。

那些我猜疑過的女人，一個個地在我生了孩子後的短暫會面中，又一個個地都被我推翻。

我找不出哪個才是尚恩的外遇對象，有可能那個人是他新認識的，我就更不可能知道。

我一直陷在尚恩外遇的情緒中，一直猜忌外面的女人，但那無利於我的婚姻、無利於我的孩子，只會將我推往死胡同。

我想過找徵信社調查，但是找了以後呢？

真的確認了他外遇之後，我又想怎麼樣呢？
去告第三者嗎？但如果那時候，尚恩站在對方那邊怎麼辦？
離婚？不，我不想離婚。
我很愛他，就是因為愛才痛苦。
如果他真的外遇了，真的讓我找到證據了，那又如何？
我不想離開他。
所以我在心裡，放過自己因為愛他而生出的各種猜疑。
如果我要留住的是與尚恩的婚姻，我要守護的是與尚恩一同建立的這個家，那我該怎麼做，就很明顯了。
所以我決定，不去探究，不去猜疑。
因為一旦真的找到了證據，而我也不打算離婚，那這樣的背叛，只會讓婚姻產生裂痕。傷害很難被醫治，一道牆上的裂縫再怎麼補，仍有痕跡。
我和尚恩，確實相愛過。
而今，我看著女兒的笑容，看著依舊會說著「我回來了」的尚恩，我由衷希望他將這個祕密帶進棺材，如此一來，我也能將這個祕密帶到棺材內。

愛情的幸福是雙方相愛，而婚姻的幸福是找到平衡，繼續生活下去。婚姻不是愛情，而是生活，孩子則是我們的未來。

門口傳來鑰匙轉動的聲音，我趕緊看了看鏡中的自己，用遮瑕膏遮住自己的黑眼圈，別讓他發現我一直在等他。

消失幾乎兩天的他回來了，我刻意抱著孩子，兩隻狗跟著我的腳邊來到門口，帶著笑容歡迎他。「你回來了啊？」

他的臉色很糟。我從來沒看過他這樣的表情，像是遇到世界上最糟糕的事情，哭了一整晚一樣。

我好心疼，同時也好恨。他的難受不是因為我，他的心痛也不是因為我。

可是我不打算追究他去哪裡了，也不想追究。

男人在外頭累了，就會回家。

這是他今天還愛我的證明，今天還愛這個家的證明。

只要他依然知道要回家，這個家庭就還能繼續維持下去。

白髮蒼蒼的那天，在他身邊的，依然會是我。

「我要出去一下。」

「你才剛回來。」

「我出去一下。」尚恩往後退，不敢看我們的女兒。

「你抱抱她吧，她哭了一整晚，她想你。」

尚恩搖頭。「我出去一下。」

然後他轉過身，再次打開了家門。

「尚恩。」我喊住他。「我們在這裡等你。」

「……」

「你會回來吧？」我含著眼淚。「嗯？尚恩，你會回來吧？」

尚恩沒有回答，走了出去，然後關上家門。

全文完

後記

你今天愛著誰呢？

這本書曾在二〇一四年出版，非常感謝三采讓《今天，還愛我嗎？》能夠再次跟大家見面。

如果看過舊版的話，會發現新版改了很多地方，其中最大的變動便是原本是第一人稱，但為了配合《說了愛以後》，所以全部改成第三人稱。

另一個大變動就是藍尚恩了。雖然在舊版和新版都一樣，藍尚恩從學生時代就喜歡莫云諳，但在新版，我做了超級大的轉變，結尾也變得有點不同。

舊版時，有讀者說很討厭藍尚恩，新版出了後，我想，會不會討厭莫云諳的變多了呢？

七年前的寫法在多年後重看時，覺得有些地方更改以後會更加深入人心，因此才有了這樣的變動，甚至在最後多了幾句話。

希望大家看完能夠告訴我你的感想。

差點忘了，最大的改變還有一個，就是張澤獻整個從劈腿男變成小衰包哈哈！

在前陣子重新寫了《說了愛以後》時，我就有注意到和《今天，還愛我嗎？》的編排雷同之處，不只是女主角的遭遇，連她的好朋友感覺都很相像。

所以在此版本我才會做了這麼大的修改。但在整理人稱時，還是遇到了不小的挑戰，加上要與《說了愛以後》裡頭的時間線有些重疊，因此也花了一點時間。

謝謝舊雨新知的支持，讓這些書籍能有機會再次出版。

有讀者曾說過非常喜歡都會愛情故事，尤其是《說了愛以後》與《今天，還愛我嗎？》，可是卻很少討論到，覺得非常困惑。

我想都會愛情和校園愛情有個很大的不同，就是看了會覺得生氣、無奈、不甜蜜等，並不是良好的體驗，至少這兩本書都是這樣。

假如創作都是真實的，那從甜蜜的高中、愉快的大學然後急轉直下來到現實的都會愛情，這之間到底是發生了什麼事情呢 XD

就留給大家去體會吧！

謝謝你的支持，謝謝你購買此書。
希望你們喜歡這個故事，和主角們一起掙扎，一起絕望。
然後讓自己的人生，充滿希望。

國家圖書館出版品預行編目資料

【戀物語 2】今天，還愛我嗎？（2021 新修收藏版）／尾巴 著
– 初版 . -- 臺北市：三采文化，2021.11
面： 公分 .（愛寫 52）
ISBN：978-957-658-674-3（平裝）

1. 華文創作 2. 小說 3. 愛情小說

863.57　　110016368

◎封面圖片提供：
max_play - stock.adobe.com

suncolor 三采文化集團

愛寫 52

【戀物語 2】今天，還愛我嗎？

作者｜尾巴
責任編輯｜戴傳欣　校對｜黃薇霓
美術主編｜藍秀婷　封面設計｜高郁雯　內頁編排｜陳佩君

發行人｜張輝明　總編輯｜曾雅青　發行所｜三采文化股份有限公司
地址｜台北市內湖區瑞光路 513 巷 33 號 8 樓
傳訊｜TEL:8797-1234　FAX:8797-1688　網址｜www.suncolor.com.tw
郵政劃撥｜帳號：14319060　戶名：三采文化股份有限公司
本版發行｜2021 年 11 月 26 日　定價｜NT$320

suncolor